U0902913

徐志摩 著

再别康桥

徐志摩诗歌全集

上

图书在版编目（CIP）数据

再别康桥 / 徐志摩著 . -- 青岛 : 青岛出版社 ,
2019.3
ISBN 978-7-5552-8070-5

Ⅰ . ①再… Ⅱ . ①徐… Ⅲ . ①诗集—中国—现代
Ⅳ . ① I226

中国版本图书馆 CIP 数据核字 (2019) 第 038555 号

书　　名 再别康桥：徐志摩诗歌全集
作　　者 徐志摩
出版发行 青岛出版社
社　　址 青岛市海尔路 182 号（266061）
本社网址 http://www.qdpub.com
责任编辑 程兆军
印　　刷 天津文林印务有限公司
出版日期 2019 年 3 月第 1 版　2019 年 3 月第 1 次印刷
开　　本 32 开（890mm × 1240mm）
印　　张 15.75
字　　数 200 千字
书　　号 ISBN 978-7-5552-8070-5
定　　价 58.00 元

编校印装质量、盗版监督服务电话 4006532017　0532-68068638

一种天教歌唱的鸟

徐志摩

在诗集子前面说话不是一件容易讨好的事。说得近于夸张了自己面上说不过去，过分谨恭又似乎对不起读者。最干脆的办法是什么话也不提，好歹让诗篇它们自身去承当。但书店不肯同意；他们说如其作者不来几句序言书店做广告就无从着笔。作者对于生意是完全外行，但他至少也知道书卖得好不仅是书店有利益，他自己的版税也跟着像样：所以书店的意思，他是不能不尊敬的。事实上我已经费了三个晚上，想写一篇可以帮助广告的序。可是不相干，一行行写下来只是仍旧给涂掉，稿纸糟蹋了不少张，诗集的序终究还是写不成。

况且写诗人一提起写诗他就不由得伤心。世界上再没有比写诗更惨的事；不但惨，而且寒伧。就说一件事，我是天生不长髭须的，但为了一些破烂的句子，就我也不知曾经捻断了多少根想象的长须。

这姑且不去说它。我记得我印第二集诗的时候曾经表示过此后不再写诗一类的话。现在如何又来了一集，虽则转眼间四个年头已经过去。就算这些诗全是这四年内写的（实在有几首要早到民国十三年）每年平均也只得十首，一个月还派不到一首，况且又多是短短一橛的。诗固然不能论长短，如同 Whistler[1] 说画幅是不能用田亩来丈量的，但事实是咱们这年头一口气总是透不长——诗永远是小诗，戏永远是独幕，小说永远是短篇。每回我望到莎士比亚的戏，丹丁[2]的《神曲》，歌德的《浮士德》一类作品，我就不由得感到气馁，觉得我们即使有一些声音，那声音是微细得随时可以用一个小拇指给掐死的。天呀！哪天我们才可以在创作里看到使人起敬的东西？哪天我们这些细嗓子才可以豁免混充大花脸的急涨的苦恼？

说到我自己的写诗，那是再没有更意外的事了。我查过我的家谱，从永乐以来我们家里没有写过一行可供传诵的诗句。在二十四岁以前我对于诗的兴味远不如对于相对论或民约论的兴味。我父亲送我出洋留学是要我将来进“金融界”的，我自己最高的野心是想做一个中国的 Hamilton[3]！在二十四岁以前，诗，不论新旧，于我是完全没有相干。我这样一个人如果真会成为一个诗人——哪还有什么话说？

[1] James Whistler，詹姆斯·惠斯勒（1834—1903），美国画家，长期居住于伦敦。

[2] 丹丁，Dante Alighieri，现通译为但丁（1265—1321），意大利著名诗人。

[3] Alexander Hamilton，亚历山大·汉密尔顿（1757—1804），美国开国元勋，政治家、财经专家。

但生命的把戏是不可思议的！我们都是受支配的善良的生灵，哪件事我们作得了主？整十年前我吹着了一阵奇异的风，也许照着了什么奇异的月色，从此起我的思想就倾向于分行的抒写。一份深刻的忧郁占定了我；这忧郁，我信，竟于渐渐的潜化了我的气质。

话虽如此，我的尘俗的成分并没有甘心退让过；诗灵的稀小的翅膀，尽他们在那里腾扑，还是没有力量带了这整份的累赘往天外飞的。且不说诗化生活一类的理想那是谈何容易实现，就说平常在实际生活的压迫中偶尔挣出八行十二行的诗句都是够艰难的。尤其是最近几年有时候自己想着了都害怕：日子悠悠的过去内心竟可以一无消息，不透一点亮，不见丝纹的动。我常常疑心这一次是真的干了完了的。如同契玦腊[1]的一身美是问神道通融得来限定日子要交还的，我也时常疑虑到我这些写诗的日子也是什么神道因为恃悯我的愚蠢暂时借给我享用的非分的奢侈。我希望他们可怜一个人可怜到底！

一眨眼十年已经过去。诗虽则连续的写，自信还是薄弱到极点。“写是这样写下了，”我常自己想，“但准知道这就能算是诗吗？”就经验说，从一点意思的晃动到一篇诗的完成，这中间几乎没有一次不经过唐僧取经似的苦难的。诗不仅是一种分娩，它并且往往是难产！这份甘苦是只有当事人自己知道。一个诗人，到了修养极高的境界，如同泰戈尔先生比方说，也许可以一张口就有精圆的珠子吐出来，这事实上我亲眼见过来的不打谎，但像我这样既无天才又少修养的人如何说得上？

[1] 契玦腊，现通译齐德拉，泰戈尔诗剧《齐德拉》中的女主人公。

只有一个时期我的诗情真有些像是山洪暴发，不分方向的乱冲。那就是我最早写诗那半年，生命受了一种伟大力量的震撼，什么半成熟的未成熟的意念都在指顾间散作缤纷的花雨。我那时是绝无依傍，也不知顾虑，心头有什么郁积，就付托腕底胡乱给爬梳了去，救命似的迫切，哪还顾得了什么美丑！我在短时期内写了很多，但几乎全部都是见不得人面的。这是一个教训。

我的第一集诗——《志摩的诗》——是我十一年[1]回国后两年内写的；在这集子里初期的汹涌性虽已消灭，但大部分还是情感的无关阑的泛滥，什么诗的艺术或技巧都谈不到：这问题一直要到民国十五年我和一多、今甫一群朋友在《晨报副镌》刊行《诗刊》时方才开始讨论到。一多不仅是诗人，他也是最有兴味探讨诗的理论和艺术的一个人。我想这五六年来我们几个写诗的朋友多少都受到《死水》的作者的影响。我的笔本来是最不受羁勒的一匹野马，看到了一多的谨严的作品我方才憬悟到我自己的野性；但我素性的落拓始终不容我追随一多他们在诗的理论方面下过任何细密的工夫。

我的第二集诗——《翡冷翠的一夜》——可以说是我的生活上的又一个较大的波折的留痕。我把诗稿送给一多看，他回信说“这比《志摩的诗》确乎是进步了——一个绝大的进步”。他的好话我是最愿意听的，但我在诗的“技巧”方面还是那愣生生的丝毫没有把握。

最近这几年生活不仅是极平凡，简直是到了枯窘的深处。跟着诗的产量也尽“向瘦小里耗”。要不是去年在中大认识了梦家和玮

[1] 指民国十一年，即公元1922年。

德两个年青的诗人，他们对于诗的热情在无形中又鼓动了我奄奄的诗心，第二次又印《诗刊》，我对于诗的兴味，我信，竟可以消沉到几于完全没有。今年在六个月内在上海与北京间来回奔波了八次，遭了母丧，又有别的不少烦心的事，人是疲乏极了的，但继续的行动与北京的风光却又在无意中摇活了我久蛰的性灵。抬起头居然又见到天了。眼睛睁开了心也跟着开始了跳动。嫩芽的青紫，劳苦社会的光与影，悲欢的图案，一切的动，一切的静，重复在我的眼前展开，有声色与有情感的世界重复为我存在；这仿佛是为了要挽救一个曾经有单纯信仰的流入怀疑的颓废，那在帷幕中隐藏着的神通又在那里栩栩的生动：显示它的博大与精微，要他认清方向，再别错走了路。

我希望这是我的一个真的复活的机会。说也奇怪，一方面虽则明知这些偶尔写下的诗句，尽是些“破破烂烂”的，万谈不到什么久长的生命，但在作者自己，总觉得写得成诗不是一件坏事，这至少证明一点性灵还在那里挣扎，还有它的一口气。我这次印行这第三集诗没有别的话说，我只要借此告慰我的朋友，让他们知道我还有一口气，还想在实际生活的重重压迫下透出一些声响来的。

你们不能更多的责备。我觉得我已是满头的血水，能不低头已算是好的。你们也不用提醒我这是什么日子；不用告诉我这遍地的灾荒，与现有的以及在隐伏中的更大的变乱，不用向我说正今天就有千万人在大水里和身子浸着，或是有千千万人在极度的饥饿中叫救命；也不用劝告我说几行有韵或无韵的诗句是救不活半条人命的；更不用指点我说我的思想是落伍或是我的韵脚是根据不合时宜的意识形态的……这些，还有别的很多，我知道，我全知道；你们一说到只是叫我难受又难受。我再没有别的话说，我只要你们记得有一种天教歌唱的鸟不到呕血不住口，它的歌里有它独自知道的别一个世界的愉快，也有它独自知道的悲哀与伤痛的鲜明，诗人也是一种痴鸟，他把他的柔软的心窝紧抵着蔷薇的花刺，口里不住的唱着星月的光辉与人类的希望非到他的心血滴出来把白花染成大红他不住口。他的痛苦与快乐是浑成的一片。

（本文为原《猛虎集》序）

序二

他真的云游去了

陆小曼

我真是说不出的悔恨为甚么我以前老是懒得写东西。志摩不知逼我几次，要我同他写一点序，有两回他将笔墨都预备好，只叫随便涂几个字，可是我老是写不到几行，不是头晕即是心跳，只好对着他发愣，抬头望着他的嘴盼他吐出圣旨来我即可以立时的停笔，那时间他也只得笑着对我说："好了，好了，太太我真拿你没有办法，去耽着吧！回头又要头痛了。"走过来掷去了我的笔，扶了我就此耽下了，再也不想接续下去。我只能默默的无以相对，他也只得对我干笑，几次的张罗结果终成泡影。

又谁能够料到今天在你去后我才真的认真的算动笔写东西，回忆与追悔便将我的思潮模糊得无从捉摸。说也惨，这头一次的序竟成了最后的一篇，哪得叫我不一阵心酸，难道说这也是上帝早已安排定了的么？

不要说是写序我不知道应该如何落笔，压根儿我就不会写东西，虽然志摩说我的看东西的决断比谁都强，可是轮到自己动笔就抓瞎了。这也怪平时太懒的原故。志摩的东西说也惭愧多半没有读过，这一件事有时使得他很生气的。也有时偶尔看一两篇，可从来也未曾夸过他半句，不管我心里是多么的叹服，多么赞美我的摩。有时他若自读自赞的，我还要骂他臭美呢。说也奇怪，要是我不喜欢的东西，只要说一句“这篇不大好”他就不肯发表。有时我问他你怪不怪我老是这样苛刻的批评你，他总说：“我非但不怪你，还爱你能时常的鞭策，我不要容我有半点的‘臭美’，因为只有你肯说实话，别人老是一味恭维。”话虽如此，可是有时他也怪我为甚么老是好像不稀罕他写的东西似的。

其实我也同别人一样的崇拜他，不是等他过后我才夸他，说实话他写的东西是比一般人来得俏皮。他的诗有几首真是写得像活的一样，有的字用得别提多美呢！有些神仙似的句子看了真叫人神往，叫人忘却人间有烟火气。它的体格真是高超，我真服他从甚么地方想出来的。诗是没有话说不用我赞，自有公论。散文也是一样流利，有时想学也是学不来的。但是他缺少写小说的天才，每次他老是不满意，我看了也是觉得少了点甚么似的。也不知道是甚么道理，我这一点浅薄的学识便说不出所以然来。

洵美叫我写摩的《云游》的序，我还不知道他这《云游》是几时写的呢！云游？可不是，他真的云游去了，这一本怕是他最后的诗集了，家里零碎的当然还有，可是不知够一本不。这些日因为成天的记忆他，只得不离手的看他的信同书，愈好当然愈是伤感，可叹奇才遭天妒，从此我再也见不着他的可爱的诗句了。

当初他写东西的时候，常常喜欢我在书桌边上捣乱，他说有时在逗笑的时间往往有绝妙的诗意不知不觉的驾临的，他的《巴黎的鳞爪》《自剖》都是在我的又小又乱的书桌上出产的。书房书桌我也不知给他预备过多少次，当然比我的又清又洁，可是他始终不肯独自静静的去写的。人家写东西，我知道是大半喜欢在人静更深时动笔的，他可不然，最喜欢在人多的地方，尤其是离不了我。我是一个极懒散的人，最不知道怎样收拾东西，我书桌上是乱的连手都几乎放不下的，当然他写完的东西我是轻意也不会想着给收拾好，所以他隔夜写的诗常常次晨就不见了，嘟着嘴只好怨我几声，现在想来真是难过，因为诗意偶然得来的是不轻易来的，我不知毁了他多少首美的小诗。早知他要离开我这样的匆促，我赌咒也不那样的大意的。真可恨，为甚么人们不能知道将来的一切。

我写了半天也不知道胡诌了些什么，头早已晕了，手也发抖了，心也痛了，可是没有人来掷我的笔了。四周只是寂静，房中只闻滴答的钟声，再没有志摩的“好了，好了”的声音了。写到此地不由我阵阵的心酸，人生的变态真叫人难以捉摸，一霎眼，一皱眉，一切都可以大翻身。我再也想不到我生命道上还有这一幕悲惨的剧。人生太奇怪了。

我现在居然还有同志摩写一篇序的机会，这是我早答应过他而始终没有实行的，将来我若出甚么书是再也得不着他半个字了，虽然他也早已答应过我的。看起来还是他比我运气，我从此只成单独的了。

我再也写不下去了，没有人叫我停，我也只得自己停了。我眼前只是一阵阵的模糊，伤心的血泪充满着我的眼眶，再也分不清白纸黑墨。志摩的幽魂不知到底有一些回忆能力不？我若搁笔还不见持我的手！

三一、十二、三〇

（本文为原《云游》序）

第一辑 志摩的诗

第二辑 翡冷翠的一夜

第三辑 猛虎集

第四辑 云游

第五辑 集外集

第一辑

志摩的诗

chih-mo's poems

康桥

再会罢

康桥[1]，再会罢；
我心头盛满了别离的情绪，
你是我难得的知己，我当年
辞别家乡父母，登太平洋去，
（算来一秋二秋，已过了四度春秋，
浪迹在海外，美土欧洲）
扶桑风色，檀香山芭蕉况味，
平波大海，开拓我心胸神意，
如今都变了梦里的山河，
渺茫明灭，在我灵府的底里；
我母亲临别的泪痕，她弱手
向波轮远去送爱儿的巾色，
海风咸味，海鸟依恋的雅意，

[1] 康桥，Cambridge，现通译为剑桥，剑河之桥。

尽是我记忆的珍藏，我每次
摩按，总不免心酸泪落，便想
理箧归家，重向母怀中匐伏，
回复我天伦挚爱的幸福；
我每想人生多少跋涉劳苦，
多少牺牲，都只是枉费无补，
我四载奔波，称名求学，毕竟
在知识道上，采得几茎花草，
在真理山中，爬上几个峰腰，
钧天妙乐，曾否闻得，彩红色，
可仍记得？——但我如何能回答？
我但自喜楼高车快的文明，
不曾将我的心灵污抹，今日
我对此古风古色，桥影藻密，
依然能袒胸相见，惺惺惜别。

康桥，再会罢！
你我相知虽迟，然这一年中
我心灵革命的怒潮，尽冲泻
在你妩媚河身的两岸，此后
清风明月夜，当照见我情热
狂溢的旧痕，尚留草底桥边，
明年燕子归来，当记我幽叹

音节，歌吟声息，缦烂的云纹
霞彩，应反映我的思想情感，
此日撒向天空的恋意诗心，
赞颂穆静腾辉的晚景，清晨
富丽的温柔；听！那和缓的钟声
解释了新秋凉绪，旅人别意，
我精魂腾跃，满想化入音波，
震天彻地，弥盖我爱的康桥，
如慈母之于睡儿，缓抱软吻；
康桥！汝永为我精神依恋之乡！
此去身虽万里，梦魂必常绕
汝左右，任地中海疾风东指，
我亦必纡道西回，瞻望颜色；
归家后我母若问海外交好，
我必首数康桥；在温清冬夜
腊梅前，再细辨此日相与况味；
设如我星明有福，素愿竟酬，
则来春花香时节，当复西航，
重来此地，再捡起诗针诗线，
绣我理想生命的鲜花，实现
年来梦境缠绵的销魂踪迹，
散香柔韵节，增媚河上风流；
故我别意虽深，我愿望亦密，

昨宵明月照林，我已向倾吐
心胸的蕴积，今晨雨色凄清，
小鸟无欢，难道也为是怅别
情深，累藤长草茂，涕泪交零！

康桥！山中有黄金，天上有明星，
人生至宝是情爱交感，即使
山中金尽，天上星散，同情还
永远是宇宙间不尽的黄金，
不昧的明星；赖你和悦宁静
的环境，和圣洁欢乐的光阴，
我心我智，方始经爬梳洗涤，
灵苗随春草怒生，沐日月光辉，
听自然音乐，哺啜古今不朽
——强半汝亲栽育——的文艺精英：
恍登万丈高峰，猛回头惊见
真善美浩瀚的光华，覆翼在
人道蠕动的下界，朗然照出
生命的经纬脉络，血赤金黄，
尽是爱主恋神的辛勤手绩；
康桥！你岂非是我生命的泉源？
你惠我珍品，数不胜数；最难忘
骞士德顿桥下的星磷坝乐，

弹舞殷勤，我常夜半凭阑干，
倾听牧地黑野中倦牛夜嚼，
水草间鱼跃虫嗤，轻挑静寞；
难忘春阳晚照，泼翻一海纯金，
淹没了寺塔钟楼，长垣短堞，
千百家屋顶烟突，白水青田，
难忘茂林中老树纵横；巨干上
黛薄荼青，却教斜刺的朝霞，
抹上些微胭脂春意，忸怩神色；
难忘七月的黄昏，远树凝寂，
像墨泼的山形，衬出轻柔暝色，
密稠稠，七分鹅黄，三分桔绿，
那妙意只可去秋梦边缘捕捉；
难忘榆荫中深宵清啭的诗禽，
一腔情热，教玫瑰噙泪点首，
满天星环舞幽吟，款住远近
浪漫的梦魂，深深迷恋香境；
难忘村里姑娘的腮红颈白；
难忘屏绣康河的垂柳婆娑，
婀娜的克莱亚[1]，硕美的校友居；
——但我如何能尽数，总之此地

[1] 克莱亚，即英国剑桥大学的clare学院。

人天妙合，虽微如寸芥残垣，
亦不乏纯美精神；流贯其间，
而此精神，正如宛次宛士[1]所谓
“通我血液，浃我心脏”，有“镇驯
矫饬之功”；我此去虽归乡土，
而临行怫怫，转若离家赴远；
康桥！我故里闻此，能弗怨汝
僭爱，然我自有谠言代汝答付；
我今去了，记好明春新杨梅
上市时节，盼我含笑归来，
再见罢，我爱的康桥！

（写于1922年8月10日离英前夕）

[1] 宛次宛士，William Wordsworth，现通译为威廉·华兹华斯（1770—1850），英国浪漫主义诗人。

地中海

海呀！你宏大幽秘的音息，不是无因而来的！
这风稳日丽，也不是无因而然的！
这些进行不歇的波浪，唤起了思想同情的反应——涨，
落——隐，现——去，来……
无量数的浪花，各各不同，各有奇趣的花样，——
一树上没有两张相同的叶片，
天上没有两朵相同的云彩。
地中海呀！你是欧洲文明最老的见证！
魔大的帝国，曾经一再笼卷你的两岸；
霸业的命运，曾经再三在你酥胸上定夺；
无数的帝王、英雄、诗人、僧侣、寇盗、商贾，曾经在你
怀抱中得意，失志，灭亡；
无数的财货、牲畜、人命、舰队、商船、渔艇，曾经沉入
你无底的渊壑；

无数的朝彩晚霞，星光月色，血腥，血糜，曾经浸染涂糁你的面庞；
无数的风涛、雷电、炮声、潜艇，曾经扰乱你平安的居处；
屈洛安城焚的火光，阿脱洛庵家的惨剧，
沙伦女的歌声，迦太基奴女被掳过海的哭声，
维雪维亚炸裂的彩色，
尼罗河口，铁拉法尔加唱凯的歌音……
都曾经供你耳目刹那的欢娱。
历史来，历史去；
埃及、波斯、希腊、马其顿、罗马、西班牙——
至多也不过抵你一缕浪花的涨歇，一茎春花的开落！
但是你呢——

依旧冲洗着欧非亚的海岸，
依旧保存着你青年的颜色，
（时间不曾在你面上留痕迹。）
依旧继续着你自在无挂的涨落，
依旧呼啸着你厌世的骚愁，
依旧翻新着你浪花的样式，——
这孤零零地神秘伟大的地中海呀！

（写于 1922 年 8 月从英国归国途中）

恋爱

到底是
什么一回事

恋爱他到底是什么一回事？——
他来的时候我还不曾出世；
太阳为我照上了二十几个年头，
我只是个孩子，认不识半点愁；
忽然有一天——我又爱又恨那一天——
我心坎里痒齐齐的有些不连牵，
那是我这辈子第一次的上当，
有人说是受伤——你摸摸我的胸膛——
他来的时候我还不曾出世，
恋爱他到底是什么一回事？

这来我变了，一只没笼头的马，
跑遍了荒凉的人生的旷野；
又像那古时间献璞玉的楚人，

手指着心窝，说这里面有真有真，
你不信时一刀拉破我的心头肉，
看那血淋淋的一掬是玉不是玉；
血！那无情的宰割，我的灵魂！
是谁逼迫我发最后的疑问？

疑问！这回我自己幸喜我的梦醒，
上帝，我没有病，再不来对你呻吟！
我再不想成仙，蓬莱不是我的分；
我只要这地面，情愿安分的做人，——
从此再不问恋爱是什么一回事，
反正他来的时候我还不曾出世！

（约写于1923年前后）

希望的

埋葬

希望，只如今……
如今只剩些遗骸——
可怜，我的心……
却教我如何埋掩？

希望，我抚摩着
你惨变的创伤；
在这冷默的冬夜——
谁与我商量埋葬？

埋你在秋林之中，
幽涧之边，你愿否？
朝餐泉乐的琤琮，
暮偎着松茵香软。

我收拾一筐的红叶，

露凋秋伤的枫叶，
铺盖在你新坟之上——
长眠着美丽的希望！

我唱一支惨淡的歌，
与秋林的秋声相和；
滴滴凉露似的清泪，
洒遍了清冷的新墓！

我手抱你冷残的衣裳，
凄怀你生前的经过——
一个遭不幸的爱母，
回想一场抚养的辛苦！

我又舍不得将你埋葬，
希望，我的生命与光明——
像那个情疯了的公主
紧搂住她爱人的冷尸。

梦境似惝恍迷离，
毕竟是谁存谁亡？
是谁在悲唱，希望！
你，我，是谁替谁埋葬？

“美是人间不死的光芒”，
不论是生命，或是希望！
便冷骸也发生命的神光，
何必问秋林红叶去埋葬？

（写于1923年1月24日）

哀

曼殊斐儿[1]

我昨夜梦入幽谷，
听子规在百合丛中泣血，
我昨夜梦登高峰，
见一颗光明泪自天堕落。

古罗马的郊外有座墓园，
静偃着百年前客殇的诗骸；
百年后海岱士[2]黑辇的车轮，
又喧响在芳丹卜罗[3]的青林边。

说宇宙是无情的机械，
为甚明灯似的理想闪耀在前？

---

[1] 曼殊斐尔，Katherine Mansfield，现通译为凯瑟琳·曼斯菲尔德。

[2] 海岱士，Hades，现译为哈得斯（亦称哈迪斯、哈帝斯、黑帝斯），古希腊神话中的冥神。

[3] 芳丹卜罗，Fontainebleau，现通译为枫丹白露，法国著名景点。

说造化是真善美之表现，
为甚五彩虹不常住天边？

我与你虽仅一度相见——
但那二十分不死的时间！
谁能信你那仙姿灵态，
竟已朝露似的永别人间？

非也！生命只是个实体的幻梦：
美丽的灵魂，永承上帝的爱宠；
三十年小住，只似昙花之偶现，
泪花里我想见你笑归仙宫。

你记否伦敦约言，曼殊斐儿！
今夏再见于琴妮湖[1]之边；
琴妮湖永抱着白朗矶[2]的雪影，
此日我怅望云天，泪下点点！

我当年初临生命的消息，
梦觉似的骤感恋爱之庄严；
生命的觉悟是爱之成年，

[1] 琴妮湖，Lake Geneva，现通译为日内瓦湖（法方称莱芒湖），阿尔卑斯山湖。
[2] 白朗矶，法语为 Mont Blanc，现通译为勃朗峰，阿尔卑斯山的最高峰。

我今又因死而感生与恋之涯沿！

同情是掼不破的纯晶，
爱是实现生命之唯一途径：
死是座伟秘的洪炉，此中
凝炼万象所从来之神明。

我哀思焉能电花似的飞骋，
感动你在天日遥远的灵魂？
我洒泪向风中遥送，
问何时能戡破生死之门？

（写于1923年3月11日）

一小幅
的

穷乐图

巷口一大堆新倒的垃圾，
大概是红漆门里倒出来的垃圾，
其中不尽是灰，还有烧不烬的煤，
不尽是残骨，也许骨中有髓，
骨坳里还黏着一丝半缕的肉片，
还有半烂的布条，不破的报纸，
两三梗取灯儿，一半枝的残烟；

这垃圾堆好比是个金山，
山上满偻着寻求黄金者，
一队的褴褛，破烂的布裤蓝袄，
一个两个数不清高掬的臀腰，
有小女孩，有中年妇，有老婆婆，
一手挽着筐子，一手拿着树条，

深深的弯着腰，不咳嗽，不唠叨，
也不争闹，只是向灰堆里寻捞，
向前捞捞，向后捞捞，两边捞捞，
肩挨肩儿，头对头儿，拨拨挑挑，
老婆婆捡了一块布条，上好一块布条！
有人专捡煤渣，满地多的煤渣，
妈呀，一个女孩叫道，我捡了一块鲜肉骨头，
回头熬老豆腐吃，好不好？

一队的褴褛，好比个走马灯儿，
转了过来，又转了过去，又过来了，
有中年妇，有女孩小，有婆婆老，
还有夹在人堆里趁热闹的黄狗几条。

（写于1923年2月6日）

月下待

杜鹃不来

看一回凝静的桥影，
数一数螺钿的波纹，
我倚暖了石栏的青苔，
青苔凉透了我的心坎；

月儿，你休学新娘羞，
把锦被掩盖你光艳首，
你昨宵也在此勾留，
可听她允许今夜来否？

听远村寺塔的钟声，
像梦里的轻涛吐复收，
省心海念潮的涨歇，
依稀漂泊踉跄的孤舟；

水粼粼，夜冥冥，思悠悠，
何处是我恋的多情友；
风飕飕，柳飘飘，榆钱斗斗，
令人长忆伤春的歌喉。

（1923年3月29日《时事新报·学灯》）

默境

我友，记否那西山的黄昏，
钝氤里透出的紫霭红晕，
漠沉沉，黄沙弥望，恨不能
登山顶，饱餐西陲的菁英，
全仗你吊古殷勤，趋别院，
度边门，惊起了卧犬狰狞。
墓庭的光景，却别是一味
苍凉，别是一番苍凉境地：
我手剔生苔碑碣，看冢里
僧骸是何年何代，你轻踹
生苔庭砖，细数松针几枚；
不期间彼此缄默的相对。
僵立在寂静的墓庭墙外，
同化于自然的宁静，默辨
静里深蕴着普遍的义韵；

我注目在墙畔一穗枯草，
听邻庵经声，听风抱树梢，
听落叶，冻乌零落的音调，
心定如不波的湖，却又教
连珠似的潜思泛破，神凝
如千年僧骸的尘埃，却又
被静的底里的热焰熏点；

我友，感否这柔韧的静里，
蕴有钢似的迷力，满充着
悲哀的况味，阐悟的几微，
此中不分春秋，不辨古今，
生命即寂灭，寂灭即生命，
在这无终始的洪流之中，
难得素心人悄然共游泳；
纵使阐不透这凄伟的静，
我也怀抱了这静中涵濡，
温柔的心灵；我便化野鸟
飞去，翅羽上也永远染了
欢欣的光明，我便向深山
去隐，也难忘你游目云天，
游神象外的 Transfiguration[1]。

[1] Transfiguration，“变形”和“荣光焕发”的意思。

我友！知否你妙目——漆黑的
圆睛——放射的神辉，照彻了
我灵府的奥隐，恍如昏夜
行旅，骤得了明灯，刹那间
周遭转换，涌现了无量数
理想的楼台，更不见墓园
风色，再不闻衰冬吁喟，但
见玫瑰丛中，青春的舞蹈
与欢容，只闻歌颂青春的
谐乐与欢悰；——
　　　　　　轻捷的步履，
你永向前领，欢乐的光明，
你永向前引：我是个崇拜
青春、欢乐与光明的灵魂。

（1923年4月20日《时事新报·学灯》）

十二月八日与KY及SP同游西山灵寺僧家，时暮霭已苍，风籁噤寂，抚摩碑碣，仰看长松，彼此忽不期缄默，游神有顷，此中消息，非亲身经历者，孰能领会，因作长句，以问我友焉。徐志摩附识。

破庙

慌张的急雨将我
赶入了黑丛丛的山坳，
迫近我头顶在腾拿，
恶狠狠的乌龙巨爪；
枣树兀兀地隐蔽着
一座静悄悄的破庙，
我满身的雨点雨块，
躲进了昏沉沉的破庙；

雷雨越发来得大了；
霍隆隆半天里霹雳，
豁喇喇林叶树根苗，
山谷山石，一齐怒号，
千万条的金剪金蛇，

飞入阴森森的破庙，
我浑身战抖，趁电光
估量这冷冰冰的破庙；

我禁不住大声喊叫；
电光火把似的照耀，
照出我身旁神龛里
一个青面狞笑的神道，
电光去了，霹雳又到，
不见了狞笑的神道，
硬雨石块似的倒泻——
我独身藏躲在破庙；

千年万年应该过了！
只觉得浑身的毛窍，
只听得骇人声怪叫，
只记得那凶恶的神道，
忘记了我现在的破庙；
好容易雨收了，雷休了，
血红的太阳，满天照耀，
照出一个我，一座破庙！

（1923年6月11日《晨报·文学旬刊》）

一个祈祷

请听我悲哽的声音，祈求于我爱的神：
人间哪一个的身上，不带些儿创与伤！
哪有高洁的灵魂，不经地狱，便登天堂：
我是肉薄过刀山，炮烙，闯度了奈何桥，
方有今日这颗赤裸裸的心，自由高傲！

这颗赤裸裸的心，请收了罢，我的爱神！
因为除了你更无人，给他温慰与生命，
否则，你就将他磨成齑粉，散入西天云，
但他精诚的颜色，却永远点染你春朝的
新思，秋夜的梦境；怜悯罢，我的爱神！

（写于 1923 年 6 月）

石虎胡同

七号

我们的小园庭，有时荡漾着无限温柔；
善笑的藤娘，袒酥怀任团团的柿掌绸缪，
百尺的槐翁，在微风中俯身将棠姑抱搂，
黄狗在篱边，守候睡熟的珀儿，它的小友，
小雀儿新制求婚的艳曲，在媚唱无休——
我们的小园庭，有时荡漾着无限温柔。

我们的小园庭，有时淡描着依稀的梦景；
雨过的苍茫与满庭荫绿，织成无声幽冥，
小蛙独坐在残兰的胸前，听隔院蚓鸣，
一片化不尽的雨云，倦展在老槐树顶，
掠檐前作圆形的舞旋，是蝙蝠，还是蜻蜓？——
我们的小园庭，有时淡描着依稀的梦景。

我们的小园庭，有时轻喟着一声奈何；
奈何在暴雨时，雨槌下捣烂鲜红无数，
奈何在新秋时，未凋的青叶惆怅地辞树，
奈何在深夜里，月儿乘云艇归去，西墙已度，
远巷薤露的乐音，一阵阵被冷风吹过——
我们的小园庭，有时轻喟着一声奈何。

我们的小园庭，有时沉浸在快乐之中；
雨后的黄昏，满院只美荫，清香与凉风，
大量的蹇翁，巨樽在手，蹇足直指天空，
一斤，两斤，杯底喝尽，满怀酒欢，满面酒红，
连珠的笑响中，浮沉着神仙似的酒翁——
我们的小园庭，有时沉浸在快乐之中。

（写于 1923 年 7 月）

一家

古怪的
店铺

有一家古怪的店铺，
隐藏在那荒山的坡下；
我们村里白发的公婆，
也不知他们何时起家。

相隔一条大河，船筏难渡；
有时青林里袅起髻螺，
在夏秋间明净的晨暮——
料是他家工作的烟雾。

有时在寂静的深夜，
狗吠隐约炉捶的声响，
我们忠厚的更夫常见
对河山脚下火光上飏。

是种田钩镰，是马蹄铁鞋，
是金银妙件，还是杀人凶械？
何以永恋此林山，荒野，
神秘的捶工呀，深隐难见？

这是家古怪的店铺，
隐藏在荒山的坡下；
我们村里白发的公婆，
也不知他们何时起家。

（写于1923年7月7日）

月下

雷峰影片

我送你一个雷峰塔影，
满天稠密的黑云与白云；
我送你一个雷峰塔顶，
明月泻影在眠熟的波心。

深深的黑夜，依依的塔影，
团团的月彩，纤纤的波鳞——
假如你我荡一支无遮的小艇，
假如你我创一个完全的梦境！

（写于1923年9月26日）

雷峰塔（杭白）

那首是白娘娘的古墓
（划船的手指着野章深处）；
客人，你知道西湖上的佳话，
白娘娘是个多情的妖魔。

她为了多情，反而受苦，
爱了个没出息的许仙，她的情夫；
他听信了一个和尚，一时的糊涂，
拿一个钵盂，把他妻子的原形罩住。

到如今已有千百年的光景，
可怜她被镇压在雷峰塔底，——
一座残败的古塔，凄凉地，
庄严地，独自在南屏的晚钟声里！

（写于1923年9月）

常州天宁寺

闻礼忏声

有如在火一般可爱的阳光里，僵卧在长梗的，杂乱的丛草里，听初夏第一声的鹧鸪，从天边直响入云中，从云中又回响到天边；

有如在月夜的沙漠里，月光温柔的手指，轻轻的抚摩着一颗颗热伤了的砂砾，在鹅绒般软滑的热带的空气里，听一个骆驼的铃声，轻灵的，轻灵的，在远处响着，近了，近了，又远了……

有如在一个荒凉的山谷里，大胆的黄昏星，独自临照着阳光死去了的宇宙，野草与野树默默的祈祷着，听一个瞎子，手扶着一个幼童，铛的一响算命锣，在这黑沉沉的世界里回响着；

有如在大海里的一块礁石上，浪涛像猛虎般的狂扑着，天空紧紧的绷着黑云的厚幕，听大海向那威吓着的风暴，低声的，柔声的，忏悔它一切的罪恶；
有如在喜马拉雅的顶巅，听天外的风，追赶着天外的云的急步声，在无数雪亮的山壑间回响着；
有如在生命的舞台的幕背，听空虚的笑声，失望与痛苦的呼吁声，残杀与淫暴的狂欢声，厌世与自杀的高歌声，在生命的舞台上合奏着。

我听着了天宁寺的礼忏声！

这是哪里来的神明？人间再没有这样的境界！

这鼓一声，钟一声，磬一声，木鱼一声，佛号一声……乐音在大殿里，迂缓的，曼长的回荡着，无数冲突的波流谐合了，无数相反的色彩净化了，无数现世的高低消灭了……
这一声佛号，一声钟，一声鼓，一声木鱼，一声磬，谐音盘礴在宇宙间——解开一小颗时间的埃尘，收束了无量数世纪的因果；

这是哪里来的大和谐——星海里的光彩，大千世界的音籁，真生命的洪流：止息了一切的动，一切的扰攘；

在天地的尽头，在金漆的殿椽间，在佛像的眉宇间，在我的衣袖里，在耳鬓边，在官感里，在心灵里，在梦里……

在梦里，这一瞥间的显示，青天，白水，绿草，慈母温软的胸怀，是故乡吗？是故乡吗？

光明的翅羽，在无极中飞舞！

大圆觉底里流出的欢喜，在伟大的，庄严的，寂灭的，无疆的，和谐的静定中实现了！

颂美呀，涅槃！赞美呀，涅槃！

（写于1923年10月）

灰色的人生

我想——我想开放我的宽阔的粗暴的嗓音，唱一支野蛮的大胆的骇人的新歌；
我想拉破我的袍服，我的整齐的袍服，露出我的胸膛，肚腹，肋骨与筋络；
我想放散我一头的长发，像一个游方僧似的散披着一头的乱发；
我也想跣我的脚，跣我的脚，在巉牙似的道上，快活地，
无畏地走着。

我要调谐我的嗓音，傲慢的，粗暴的，唱一阕荒唐的，摧残的，弥漫的歌调；
我伸出我的巨大的手掌，向着天与地，海与山，无餍地求讨，寻捞；
我一把揪住了西北风，问它要落叶的颜色，

我一把揪住了东南风，问它要嫩芽的光泽；
我蹲身在大海的边旁，倾听它的伟大的酣睡的声浪；
我捉住了落日的彩霞，远山的露霭，秋月的明辉，散放在
我的发上，胸前，袖里，脚底……

我只是狂喜地大踏步地向前——向前——口唱着暴烈的，
粗伧的，不成章的歌调；
来，我邀你们到海边去，听风涛震撼大空的声调；
来，我邀你们到山中去，听一柄利斧斫伐老树的清音；
来，我邀你们到密室里去，听残废的，寂寞的灵魂的呻吟；
来，我邀你们到云霄外去，听古怪的大鸟孤独的悲鸣；
来，我邀你们到民间去，听衰老的，病痛的，贫苦的，残毁的，
受压迫的，烦闷的，奴服的，懦怯的，丑陋的，罪恶的，
自杀的，——和着深秋的风声与雨声——合唱的“灰色
的人生”！

（写于1923年10月12日）

沪杭车中

匆匆匆！催催催！
一卷烟，一片山，几点云影，
一道水，一条桥，一支橹声，
一林松，一丛竹，红叶纷纷；

艳色的田野，艳色的秋景，
梦境似的分明，模糊，消隐——
催催催！是车轮还是光阴？
催老了秋容，催老了人生！

（写于1923年10月30日）

先生！

先生！

钢丝的车轮
在偏僻的小巷内飞奔——
“先生，我给先生请安您哪，先生。”

迎面一蹲身，
一个单布褂的女孩颤动着呼声——
雪白的车轮在冰冷的北风里飞奔。

紧紧的跟，紧紧的跟，
破烂的孩子追赶着铄亮的车轮——
“先生，可怜我一文吧，善心的先生！”

“可怜我的妈，
她又饿又冻又病，躺在道儿边直呻——
您修好，赏给我们一顿窝窝头，您哪，先生！”

“没有带子儿。”
坐车的先生说，车里戴大皮帽的先生——
飞奔，急转的双轮，紧迫，小孩的呼声。

一路旋风似的土尘，
土尘里飞转着银晃晃的车轮——
“先生，可是您出门不能不带钱您哪，先生。”

“先生！……先生！”
紫涨的小孩，气喘着，断续的呼声——
飞奔，飞奔，橡皮的车轮不住的飞奔。

飞奔……先生……
飞奔……先生……
先生……先生……先生……

（写于 1923 年 11 月）

叫化

活该

“行善的大姑，修好的爷，”
西北风尖刀似的猛刺着他的脸，
“赏给我一点你们吃剩的油水吧！”
一团模糊的黑影，捱紧在大门边。

“可怜我快饿死了，发财的爷，”
大门内有欢笑，有红炉，有玉杯；
“可怜我快冻死了，有福的爷，”
大门外西北风笑说，“叫化活该！”

我也是战栗的黑影一堆，
蠕伏在人道的前街；
我也只要一些同情的温暖，
遮掩我的剐残的余骸——

但这沉沉的紧闭的大门：谁来理睬；
街道上只冷风的嘲讽，“叫化活该！”

（写于 1923 年冬）

古怪

的
世界

从松江的石湖塘
上车来老妇一双，
颤巍巍的承住弓形的老人身，
多谢（我猜是）普陀山的盘龙藤：

青布棉袄，黑布棉套，
头毛半秃，齿牙半耗：
肩挨肩的坐落在阳光暖暖的窗前，
畏葸的，呢喃的，像一对寒天的老燕；

震震的干枯的手背，
震震的皱缩的下颏：
这二老！是妯娌，是姑嫂，是姊妹？——
紧挨着，老眼中有伤悲的眼泪！

怜悯！贫苦不是卑贱，
老衰中有无限庄严；——
老年人有什么悲哀，为什么凄伤？
为什么在这快乐的新年，抛却家乡？

同车里杂沓的人声，
轨道上疾转着车轮；
我独自的，独自的沉思这世界古怪——
是谁吹弄着那不调谐的人道的音籁？

（写于1923年冬）

盖上
几张油纸

一片，一片，半空里
掉下雪片；
有一个妇人，有一个妇人，
独坐在阶沿。

虎虎的，虎虎的，风响
在树林间；
有一个妇人，有一个妇人，
独自在哽咽。

为什么伤心，妇人，
这大冷的雪天？
为什么啼哭，莫非是
失掉了钗钿？

不是的，先生，不是的，
不是为钗钿；
也是的，也是的，我不见了
我的心恋。

那边松林里，山脚下，先生，
有一只小木箧，
装着我的宝贝，我的心，
三岁儿的嫩骨！

昨夜我梦见我的儿
叫一声“娘呀——
天冷了，天冷了，天冷了，
儿的亲娘呀！”

今天果然下大雪，屋檐前
望得见冰条，
我在冷冰冰的被窝里摸——
摸我的宝宝。

方才我买来几张油纸，
盖在儿的床上；
我唤不醒我熟睡的儿——
我因此心伤。

一片，一片，半空里
掉下雪片；
有一个妇人，有一个妇人，
独坐在阶沿。

虎虎的，虎虎的，风响
在树林间；
有一个妇人，有一个妇人，
独自在哽咽。

（写于1924年1月26日）

东山

小曲

一

早上——太阳在山坡上笑，
太阳在山坡上叫：——
看羊的，你来吧，
这里有粉嫩的草，鲜甜的料，
好把你的老山羊，小山羊，喂个滚饱；
小孩们你们也来吧，
这里有大树，有石洞，有蚱蜢，有小鸟，
快来捉一会盲藏，豁一阵虎跳。

二

中上——太阳在山腰里笑，
太阳在山坳里叫：——

游山的你们来吧，
这里来望望天，望望田，消消遣，
忘记你的心事，丢掉你的烦恼；
叫化子们你们也来吧，
这里来偎火热的太阳，胜如一件棉袄，
还有香客的布施，岂不是妙，岂不是好。

三

晚上——太阳已经躲好，
太阳已经去了：——
野鬼们你们来吧，
黑巍巍的星光，照着冷清清的庙，
树林里有只猫头鹰，半天里有只九头鸟；
来吧，来吧，一齐来吧，
撞开你的顶头板，唱起你的追魂调，
那边来了个和尚，快去耍他一个灵魂出窍！

（写于 1924 年 1 月 20 日）

一条
金色的
光痕
（硖石土白）

这几天冷了，我们祠堂门前的那条小港里也浮着薄冰，今天下午想望久了的雪也开始下了，方才有几位友人在这喝酒，虽则眼前的山景还不曾著色，也算是“赏雪”了，白炉里的白煤也烧旺了，屋子里暖融融的自然的有了一种雪天特有的风味。我在窗口望着半掩在烟雾里山林，只盼这“祥瑞的”雪花：

Lazily and incessantly floating down and down:
Silently sifting and veiling road,roaf and railing;
Hiding difference,making unevenness even,
Into angles and crevices softly drifting and sailing.
Making unevenness even!

可爱的白雪，你能填平地面上的不平，但人间的不平呢？我忽然想起我娘告诉我的一件实事，连带的引起了异常的感想。汤麦士哈代[1]吹了一辈子厌世的悲调；但是一只冬雀的狂喜的放歌，在一个大冷天的最凄凉的境地里，竟使这位厌世的诗翁也有一次怀疑，他自己的厌世观，也有一次疑问这绝望的前途也许还闪耀着一点救度的光明。

悲观是时代的时髦；怀疑是知识阶级的护照。我们宁可把人类看作一堆自私的肉欲，把人道贬入兽道，把宇宙看作一团的黑气，把天良与德性认做作伪与梦呓，把高尚的精神析成心理分析的动机……我也是不很敢相信牧师与塾师与“主张精神生活的哲学家”的劝世谈的一个，即使人生的日子里，不是整天的下雨，这样的愁云与惨雾，伦敦的冬天似的，至少告诫我们出门时还是带上雨具的妥当。但我却也相信这愁云与惨雾并不是永久没有散开的日子，温暖的阳光也不是永远辞别了人间；真的，也许就在大雨泻的时候，你要是有耐心站在广场上望时，西边的云罅里已经分明的透露着金色的光痕了！下面一首诗里的实事，有人看来也许便是一条金色的光痕——除了血色的一堆自私的肉欲，人们并不是没有更高尚的元素了！

[1] 汤麦士哈代，Tomas Hardy，现通译托马斯·哈代（1840—1928），英国作家。

来了一个妇人，一个乡里来的妇人，
穿着一件粗布棉袄，一条紫棉绸的裙，
一双发肿的脚，一头花白的头发，
慢慢地走上我们前厅的石阶；
手扶着一扇堂窗，她抬起她的头，
望着厅堂上的陈设，颤动着她的牙齿脱尽了的口。
她开口问了：

得罪那，问声点看，
我要来求见徐家格位太太，有点事体……
认真则，格位就是太太，真是老太婆哩，
眼睛赤花，连太太都勿认得哩！
是欧，太太，今朝特为打乡下来欧，
乌青青就出门；田里西北风度来野欧，是欧，
太太，为点事体要来求求太太呀！
太太，我拉埭上，东横头，有个老阿太，
姓李，亲丁末……老早死完哩，伊拉格大官官——

李三官，起先到街上来做长年欧，——早几年成弱病，
田末卖掉，病末始终勿曾好；
格位李家阿太老年格运气真勿好，全靠场头上东帮帮，西讨讨，吃一口白饭，
每年只有一件绝薄欧棉袄靠过冬欧，
上个月听得话李家阿太流火病发，
前夜子西北风起，我也冻得瑟瑟叫抖，
我心里想李家阿太勿晓得那介哩，
昨日子我一早走到伊屋里，真是罪过！
老阿太已经去哩，冷冰冰欧滚在稻草里，
也勿晓得几时脱气欧，也呒不入晓得！
我也呒不法子，只好去喊拢几个人来，
有人话是饿煞欧，有人话是冻煞欧，
我看一半是老病，西北风也作兴有点欧；——

为此我到街上来，善堂里格位老爷
本里一具棺材，我乘便来求求太太，
做做好事，我晓得太太是顶善心欧，
顶好有旧衣裳本格件把，我还想去
买一刀锭箔；我自己屋里也是滑白欧，
我只有五升米烧顿饭本两个帮忙欧吃，
伊拉抬了材，外加收作，饭总要吃一顿欧，
太太是勿是？……嗳，是欧！嗳，是欧！
喔唷，太太认真好来，真体恤我拉穷人……
格套衣裳正好……喔唷，害太太还要
难为洋钿……喔唷，喔唷……我只得
朝太太磕一个响头，代故世欧谢谢！
喔唷，那末真真多谢，真欧，太太……

（写于1924年1月29日）

自然

与
人生

风，雨，山岳的震怒：
猛进，猛进！
显你们的猖獗，暴烈，威武；
霹雳是你们的酣嗽，
雷震是你们的军鼓——
万丈的峰峦在涌汹的战阵里
失色，动摇，颠播；
猛进，猛进！
这黑沉沉的下界，是你们的俘虏！

壮观！仿佛跳出了人生的关塞，
凭着智慧的明辉，回看
这伟大的悲惨的趣剧，在时空
无际的舞台上，更番的演着：——

我驻足在岱岳顶巅，
在阳光朗照着的顶巅，俯看山腰里
蜂起的云潮敛着，叠着，渐缓的
淹没了眼下的青峦与幽壑：
霎时的开始了，骇人的工作。

风，雨，雷霆，山岳的震怒——
猛进，猛进！
矫捷的，猛烈的：吼着，打击着，咆哮着；
烈情的火焰，在层云中狂窜：

恋爱，嫉妒，咒诅，嘲讽，报复，牺牲，烦闷，
疯犬似的跳着，追着，嗥着，咬着，
毒蟒似的绞着，翻着，扫着，舐着
猛进，猛进！
狂风，暴雨，电闪，雷霆：
烈情与人生！

静了，静了——
不见了晦盲的云罗与雾锢，
只有轻纱似的浮沤，在透明的晴空，
冉冉的飞升，冉冉的翳隐，
像是白羽的安琪，捷报天庭。

静了，静了——
眼前消失了战阵的幻景，
回复了幽谷与冈峦与森林，
青葱，凝静，芳馨，像一个浴罢的处女，
忸怩的无言，默默的自怜。

变幻的自然，变幻的人生，
瞬息的转变，暴烈与和平，
刿心的惨剧与怡神的宁静：——
谁是主，谁是宾，谁幻复谁真？
莫非是造化儿的诙谐与游戏，
恣意的反复着涕泪与欢喜，
厄难与幸运，娱乐他的冷酷的心，
与我在云外看雷阵，一般的无情？

（1924 年 2 月 5 日《晨报·文学旬刊》）

夜半

松风

这是冬夜的山坡。
坡下一座冷落的僧庐，
庐内一个孤独的梦魂：
在忏悔中祈祷，在绝望中沉沦；——
为什么这怒叫，这狂啸，
鼍鼓与金钲与虎与豹？
为什么这幽诉，这私慕？
烈情的惨剧与人生的坎坷——
又一度潮水似的淹没了
这彷徨的梦魂与冷落的僧庐？

（写于1924年2月22日）

去罢

去罢，人间，去罢！
我独立在高山的峰上；
去罢，人间，去罢！
我面对着无极的穹苍。

去罢，青年，去罢！
与幽谷的香草同埋；
去罢，青年，去罢！
悲哀付与暮天的群鸦。

去罢，梦乡，去罢！
我把幻景的玉杯摔破；
去罢，梦乡，去罢！
我笑受山风与海涛之贺。

去罢，种种，去罢！
当前有插天的高峰；
去罢，一切，去罢！
当前有无穷的无穷！

（写于1924年5月20日）

留别

日本

我惭愧我来自古文明的乡国，
我惭愧我脉管中有古先民的遗血，
我惭愧扬子江的流波如今溷浊，
我惭愧——我面对着富士山的清越！

古唐时的壮健常萦我的梦想：
那时洛邑的月色，那时长安的阳光；
那时蜀道的啼猿，那时巫峡的涛响；
更有那哀怨的琵琶，在深夜的浔阳！

但这千余年的痿痹，千余年的懵瞳：
更无从辨认——当初华族的优美、从容！
摧残这生命的艺术，是何处来的狂风？——
缅念那遍中原的白骨，我不能无恫！

我是一枚飘泊的黄叶，在旋风里漂泊，
回想所从来的巨干，如今枯秃
我是一颗不幸的水滴，在泥潭里匍匐——
但这干涸了的涧身，亦曾有水流活泼。

我欲化一阵春风，一阵吹嘘生命的春风，
催促那寂寞的大木，惊破他深长的迷梦；
我要一把倔强的铁锹，铲除淤塞与臃肿，
开放那伟大的潜流，又一度在宇宙间汹涌。

为此我羡慕这岛民依旧保持着往古的风尚，
在朴素的乡间想见古社会的雅驯、清洁、壮旷；
我不敢不祈祷古家邦的重光，但同时我愿望——
愿东方的朝霞永葆扶桑的优美，优美的扶桑！

（写于1924年5—6月随泰戈尔访日期间）

沙扬娜拉[1]

十八首

一

我记得扶桑海上的朝阳，
黄金似的散布在扶桑的海上；
我记得扶桑海上的群岛，
翡翠似的浮沤在扶桑的海上——
沙扬娜拉！

二

趁航在轻涛间，悠悠的，
我见有一星星古式的渔舟，
像一群无忧的海鸟，
在黄昏的波光里息羽优游，
沙扬娜拉！

---

[1] 沙扬娜拉，日语“再见”的音译。

三

这是一座墓园；谁家的墓园
占尽这山中的清风，松馨与流云？
我最不忘那美丽的墓碑与碑铭，
墓中人生前亦有山风与松馨似的清明——
沙扬娜拉！（神户山中墓园）

四

听几折风前的流莺，
看阔翅的鹰鹞穿度浮云，
我倚着一本古松瞑悻：
问墓中人何似墓上人的清闲？——
沙扬娜拉！（神户山中墓园）

五

健康、欢欣、疯魔、我羡慕
你们同声的欢呼“阿罗呀喈！”[1]
我欣幸我参与这满城的花雨，

[1] 阿罗呀喈，日语“谢谢”的音译。

连翩的蛱蝶飞舞，“阿罗呀喈！”
沙扬娜拉！（大阪典祝）

六

增添我梦里的乐音——便如今——
一声声的木屐、清脆、新鲜、殷勤，
又况是满街艳丽的灯影，
灯影里欢声腾跃，“阿罗呀喈！”
沙扬娜拉！（大阪典祝）

七

仿佛三峡间的风流，
保津川有青嶂连绵的锦绣；
仿佛三峡间的险巇，
飞沫里趋急矢似的扁舟——
沙扬娜拉！（保津川急湍）

八

度一关湍险，驶一段清涟，
清涟里有青山的倩影；
撑定了长篙，小驻在波心，

波心里看闲适的鱼群——
沙扬娜拉！（同前）

九

静！且停那桨声胶爱，
听青林里嘹亮的欢欣，
是画眉，是知更？像是滴滴的香液，
滴入我的苦渴的心灵——
沙扬娜拉！（同前）

十

“乌塔”[1]：莫讪笑游客的疯狂，
舟人，你们享尽山水的清幽，
喝一杯“沙鸡”[2]，朋友，共醉风光，
“乌塔，乌塔！”山灵不嫌粗鲁的歌喉——
沙扬娜拉！（同前）

十一

我不辨——辨亦无须——这异样的歌词，
像不逞的波澜在岩窟间吽嘶，

---

[1] 乌塔，日语“歌唱”的音译。
[2] 沙鸡，日语“酒”的音译。

像衰老的武士诉说壮年时的身世，
“乌塔乌塔！”我满怀滟滟的遐思——
沙扬娜拉！（同前）

十二

那是杜鹃！她绣一条锦带，
迤逦着那青山的青麓；
啊，那碧波里亦有她的芳躅，
碧波里掩映着她桃蕊似的娇怯——
沙扬娜拉！（同前）

十三

但供给我沉酣的陶醉，
不仅是杜鹃花的幽芳；
倍胜于娇柔的杜鹃，
最难忘更娇柔的女郎！
沙扬拉娜！

十四

我爱慕她们体态的轻盈，
妩媚是天生，妩媚是天生！

我爱慕她们颜色的调匀，
蝴蝶似的光艳，蛱蝶似的轻盈——
沙扬娜拉！

十五

不辜负造化主的匠心，
她们流眄中有无限的殷勤；
比如薰风与花香似的自由，
我餐不尽她们的笑靥与柔情——
沙扬娜拉！

十六

我是一只幽谷里的夜蝶：
在草丛间成形，在黑暗里飞行，
我献致我翅羽上美丽的金粉，
我爱恋万万里外闪亮的明星——
沙扬娜拉！

十七

我是一只酣醉了的花蜂：
我饱啜了芬芳，我不讳我的猖狂。
如今，在归途上嘤嗡着我的小嗓，

想赞美那别样的花酿，我曾经恣尝——
沙扬娜拉！

十八

最是那一低头的温柔，
像一朵水莲花不胜凉风的娇羞，
道一声珍重，道一声珍重，
那一声珍重里有蜜甜的忧愁——
沙扬娜拉！

（写于1924年5—6月随泰戈尔访日期间）

庐山小诗

两首

一 朝雾里的小草花

这岂是偶然，小玲珑的野花！
你轻含着闪亮的珍珠，
像是慕光明的花蛾，
在黑暗里想念着焰彩晴霞；

我此时在这蔓草丛中过路，
无端的内感惘怅与惊讶，
在这迷雾里，在这岩壁下。
思忖着泪怦怦的，人生与鲜露?

二 山中大雾看景

这一瞬息的展露——
是山雾，
是台幕！
这一转瞬的沉闷，
是云蒸，
是人生？
那分明是山，水，田，庐；
又分明是悲，欢，喜，怒：
阿，这眼前刹那间的开朗——
我仿佛感悟了造化的无常！

（约写于 1924 年 8 月）

太平景象

“卖油条的，来六根——再来六根。”
“要香烟吗，老总们，大英牌，大前门？
多留几包也好，前边什么买卖都不成。”

“这枪好，德国来的，装弹时手顺；”
“我哥有信来，前天，说我妈有病；”
“哼，管得你妈，咱们去打仗要紧。”

“亏得在江南，离着家千里的路程，
要不然我的家里人……唉，管得他们
眼红眼青，咱们吃粮的眼不见为净！”

“说是，这世界！做鬼不幸，活着也不称心；
谁没有家人老小，谁愿意来当兵拼命？”
“可是你不听长官说，打伤了有恤金？”

“我就不希罕那猫儿哭耗子的恤金！
脑袋就是一个，我就想不透为么要上阵，
砰，砰，打自个儿的弟兄，损己，又不利人。”

“你不见李二哥回来，烂了半个脸，全青？
他说前边稻田里的尸体，简直像牛粪，
全的、残的；死透的、半死的；烂臭、难闻。”

“我说这儿江南人倒懂事，他们死不当兵；
你看这路旁的皮棺，那田里玲巧的享亭，
草也青，树也青，做鬼也落个清静；”

比不得我们——可不是火车已经开行？——
天生是稻田里的牛粪——唉，稻田里的牛粪！
“喂，卖油条的，赶上来，快，我还要六根。”

（1924年8月10日《小说月报》第15卷第8号）

婴儿

我们要盼望一个伟大的事实出现，我们要守候一个馨香的婴儿出世：——你看他那母亲在她生产的床上受罪！

她那少妇的安详，柔和，端丽，现在在剧烈的阵痛里变形成不可信的丑恶：你看她那遍体的筋络都在她薄嫩的皮肤底里暴涨着，可怕的青色与紫色，像受惊的水青蛇在田沟里急泅似的，汗珠贴在她的前额上像一颗颗的黄豆，她的四肢与身体猛烈的抽搐着，畸屈着，奋挺着，纠旋着，仿佛她垫着的席子是用针尖编成的，仿佛她的帐围是用火焰织成的；

一个安详的，镇定的，端庄的，美丽的少妇，现在在绞痛的惨酷里变形成魔鬼似的可怖：她的眼，一时紧紧的阖着，一时巨大的睁着，她那眼，原来像冬夜池潭里反映着的明星，现在吐露着青黄色的凶焰，眼珠像是烧红的炭火，映射出她灵魂最后的奋斗，她的原来朱红色的口唇，

现在像是炉底的冷灰，她的口颤着、撅着、扭着、
死神的热烈的亲吻不容许她一息的平安，她的发是散披
着横在口边，漫在胸前像揪乱的麻丝，她的手指间紧抓
着几穗拧下来的乱发；
这母亲在她生产的床上受罪——
但她还不曾绝望，她的生命挣扎着血与肉与骨与肢体的纤
微，在危崖的边沿上，抵抗着，搏斗着，死神的逼迫；
她还不曾放手，因为她知道（她的灵魂知道！）这苦痛不是
无因的，因为她知道她的胎宫里孕育着一点比她自己
更伟大的生命的种子，包涵着一个比一切更永久的婴儿；
因为她知道这苦痛是婴儿要求出世的征候，是种子在泥土
里爆裂成美丽的生命的消息，是她完成她自己生命的使
命的时机；
因为她知道这忍耐是有结果的，在她剧痛的昏瞀中，她仿
佛听着上帝准许人间祈祷的声音，她仿佛听着天使们赞
美未来的光明的声音；
因此她忍耐着、抵抗着、奋斗着……她抵拼绷断她统体的
纤微，她要赎出在她那胎宫里动荡着的生命，在她一个
完全美丽的婴儿出世的盼望中，最锐利、最沉酣的痛感
逼成了最锐利最沉酣的快感……

（写于1924年9月底）

白旗

来，跟着我来，拿一面白旗在你们的手里——不是上面写
着激动怨毒，鼓励残杀字样的白旗，也不是涂着不洁净
血液的标记的白旗，也不是画着忏悔与咒语的白旗（把
忏悔画在你们的心里）；
你们排列着，噤声的，严肃的，像送丧的行列，不容许脸
上留存一丝的颜色，一毫的笑容，严肃的，噤声的，像
一队决死的兵士：
现在时辰到了，一齐举起你们手里的白旗，像举起你们的
心一样，仰看着你们头顶的青天，不转瞬的，恐惶的，
像看着你们自己的灵魂一样；
现在时辰到了，你们让你们熬着、壅着、迸裂着、滚沸着
的眼泪流、直流、狂流、自由的流、痛快的流、尽性的流、
像山水出峡似的流、像暴雨倾盆似的流……
现在时辰到了，你们让你们咽着，压迫着，挣扎着，汹涌

着的声音嚎，直嚎，狂嚎，放肆的嚎，凶狠的嚎，像飓风在大海波涛间的嚎，像你们丧失了最亲爱的骨肉时的嚎……

现在时辰到了，你们让你们回复了的天性忏悔，让眼泪的滚油煎净了的，让嚎恸的雷霆震醒了的天性忏悔，默默的忏悔、悠久的忏悔、沉彻的忏悔、像冷峭的星光照落在一个寂寞的山谷里，像一个黑衣的尼僧匐伏在一座金漆的神龛前；

……

在眼泪的沸腾里，在嚎恸的酣彻里，在忏悔的沉寂里，你们望见了上帝永久的威严。

（写于1924年9月底）

问谁

问谁？呵，这光阴的播弄
问谁去声诉，
在这冻沉沉的深夜，凄风
吹拂她的新墓？

“看守，你须用心的看守，
这活泼的流溪，
莫错过，在这清波里优游，
青脐与红鳍！”

那无声的私语在我的耳边
似曾幽幽的吹嘘，——
像秋雾里的远山，半化烟，
在晓风前卷舒。

因此我紧揽着我生命的绳网，
像一个守夜的渔翁，
兢兢的，注视着那无尽流的时光——
私冀有彩鳞掀涌。

但如今，如今只余这破烂的渔网——
嘲讽我的希冀，
我喘息的怅望着不复返的时光；
泪依依的憔悴！

又何况在这黑夜里徘徊，
黑夜似的痛楚：
一个星芒下的黑影凄迷——
留恋着一个新墓！

问谁？——我不敢抢呼，怕惊扰
这墓底的清淳；
我俯身，我伸手向她搂抱——
啊，这半潮润的新坟！

这瘆人的旷野无有边沿，
远处有村火星星，

丛林中有鸱鸮在悍辩——
此地有伤心，只影！

这黑夜，深沉的，环包着大地；
笼罩着你与我——
你，静凄凄的安眠在墓底；
我，在迷醉里摩挲！

正愿天光更不从东方
按时的泛滥：
我便永远依偎着这墓旁——
在沉寂里消幻——

但青曦已在那天边吐露，
苏醒的林鸟，
已在远近间相应喧呼——
又是一度清晓。

不久，这严冬过去，东风
又来催促青条：
便妆缀这冷落的墓宫，
亦不无花草飘飘。

但为你，我爱，如今永远封禁
在这无情的地下——
我更不盼天光，更无有春信：
我的是无边的黑夜！

（约写于1924年秋）

天国的消息

可爱的秋景！无声的落叶，
轻盈的，轻盈的，掉落在这小径，
竹篱内，隐约的，有小儿女的笑声：

呖呖的清音，缭绕着村舍的静谧，
仿佛是幽谷里的小鸟，欢噪着清晨，
驱散了昏夜的晦塞，开始无限光明。

刹那的欢欣，昙花似的涌现，
开豁了我的情绪，忘却了春恋，
人生的惶惑与悲哀，惆怅与短促——

在这稚子的欢笑声里。想见了天国！
晚霞泛滥着金色的枫林，
凉风吹拂着我孤独的身形；
我灵海里啸响着伟大的波涛，
应和更伟大的脉搏，更伟大的灵潮！

（约写于 1924 年秋）

冢中的岁月

白杨树上一阵鸦啼，
白杨树上叶落纷披，
白杨树下有荒土一堆：
亦无有青草，亦无有墓碑；

亦无有蛱蝶双飞，
亦无有过客依违，
有时点缀荒野的暮霭，
土堆邻近有青磷闪闪。

埋葬了也不得安逸，
髑髅在坟底叹息；
舍手了也不得静谧，
髑髅在坟底饮泣。

破碎的愿望梗塞我的呼吸，
伤禽似的震悸着他的羽翼；
白骨放射着赤色的火焰——
却烧不尽生前的恋与怨。

白杨在西风里无语，摇曳，
孤魂在墓窟的凄凉里寻味：
“从不享，可怜，祭扫的温慰，
更有谁存念我生平的梗概！”

（1924 年 10 月 15 日《晨报副刊》）

谁知道

我在深夜里坐着车回家——
一个褴褛的老头他使着劲儿拉；
天上不见一个星，
街上没有一只灯：
那车灯的小火
冲着街心里的土——
左一个颠簸，右一个颠簸，
拉车的走着他的踉跄步；
……

“我说拉车的，这道儿哪儿能这么的黑？”
“可不是先生？这道儿真——真黑！”
他拉——拉过了一条街，穿过了一座门，
转一个弯，转一个弯，一般的暗沉沉；——
天上不见一个星，

街上没有一个灯：
那车灯的小火
蒙着街心里的土——
左一个颠簸，右一个颠簸，
拉车的走着他的踉跄步；
……

“我说拉车的，这道儿哪儿能这么的静？”
“可不是先生？这道儿真——真静！”
他拉——紧贴着一垛墙，长城似的长，
过一处河沿，转入了黑遥遥的旷野；
天上不露一颗星，
道上没有一只灯：
那车灯的小火
晃着道儿上的土——
左一个颠簸，右一个颠簸，
拉车的走着他的踉跄步；
……

“我说拉车的，怎么这儿道上一个人都不见？”
“倒是有，先生，就是您不大瞧得见！”
我骨髓里一阵子的冷——
那边青缭缭的是鬼还是人？
仿佛听着呜咽与笑声——
啊，原来这遍地都是坟！
天上不亮一颗星，
道上没有一只灯：
那车灯的小火
缭着道儿上的土——
左一个颠簸，右一个颠簸，
拉车的跨着他的踉跄步；
……

“我说——我说拉车的喂！这道儿哪……哪儿有这儿远？”
“可不是先生？这道儿真——真远！”
“可是……你拉我回家……你走错了道
“谁知道先生！谁知道走错了道儿没有？
……

我在深夜里坐着车回家，
一堆不相识的褴褛他使着劲儿拉；
天上不明一颗星，
道上不见一只灯：
只那车灯的小火
袅着道儿上的土——
左一个颠簸，右一个颠簸。
拉车的跨着他的蹒跚步。

（写于1924年11月初）

卡尔佛里[1]

喂，看热闹去，朋友！在哪儿？
卡尔佛里。今天是杀人的日子；
两个是贼，还有一个——不知到底
是谁？有人说他是一个魔鬼；
有人说他是天父的亲儿子，
米赛亚[2]……看，那就是，他来了！
咦，为什么有人替他抗着
他的十字架？你看那两个贼，
满头的乱发，眼睛里烧着火，
十字架压着他们的肩背！
他跟着耶稣走着；唉，耶稣，
他们到底是谁？他们都说他有

[1] 卡尔佛里，Caluary，耶稣被钉死于十字架的地方。
[2] 米赛亚，Messiah，现通译弥赛亚，意为救世主，即耶稣。

权威，你看他那样子顶和善，
顶谦卑——听着，他说话了！他说：
“父呀，饶恕他们罢，他们自己
都不知道他们犯的是什么罪。”
我说你觉不觉得他那话怪，
听了叫人毛管里直淌冷汗？
那黄头毛的贼，你看，好像是
梦醒了，他脸上全变了气色，
眼里直流着白豆粗的眼泪，
准是变善了！谁要能赦了他。
保管他比祭司不差什么高矮！……
再看那妇女们！小羊似的一群，
也跟着耶稣的后背，头也不包，
发也不梳，直哭，直叫，直嚷，
倒像上十字架的是她们亲生
儿子；倒像明天太阳不透亮……
再看那群得意的犹太，法利赛[1]，
法利赛，穿着长袍，戴着高帽，
一脸奸相；他们也跟在后背，
他们这才得意哪，瞧他们那笑！
我真受不了那假味儿，你呢？

[1] 法利赛，pharisss，古犹太教的一个派别，《圣经》中称法利赛人是言行不一。

听他们还嚷着哪：“快点儿去，
上‘人头山’去，钉死他，活钉死他！……
唉，躲在墙边高个儿的那个？

不错，我认得，黑黑的脸，矮矮的，
就是他该死，他就是犹大斯[1]！
不错，他的门徒。门徒算什么？
耶稣就让他卖，卖现钱，你知道！
他们也不止一半天的交情哪：
他跟着耶稣吃苦就有好几年，
谁知他贪小变了心，真是狗屎！
那还只前天，我听说，他们一起
吃晚饭，耶稣与他十二个门徒，
犹大斯就算一枚；耶稣早知道，
迟早他的命，他的血，得让他卖；
可不是他的血？吃晚饭时他说，
他把自己的肉喂他们的饿，
也把他自己的血止他们的渴，
意思要他们逢着患难时多少
帮着一点：他还亲手舀着水
替他们洗脚，犹大斯都有分，
还拿自己的腰布替他们擦干！

[1] 犹大斯，Juds，现通译为犹大。

谁知那大个儿的黑脸他，没等
擦干嘴，就拿他主人去换钱：——
听说那晚耶稣与他的门徒
在橄榄山上歇着，冷不防来了，
犹大斯带着路，天不亮就干，
树林里密密的火把像火蛇，
蜒着来了，真恶毒，比蛇还毒；
他一上来就亲他主人的嘴，
那是他的信号，耶稣就倒了霉，

赶明儿你看，他的鲜血就在
十字架上冻着！我信他是好人；
就算他坏，也不该让犹大斯
那样肮脏的卖，那样肮脏的卖！……
我看着惨，看他生生的让人
钉上十字架去，当贼受罪，我不干！
你没听着怕人的预言？我听说
公道一完事，天地都得昏黑——
我真信，天地都得昏黑——回家罢！

十一月八日早一时半写完

（写于1924年11月8日）

为要

寻一个明星

我骑着一匹拐腿的瞎马，
向着黑夜里加鞭；——
向着黑夜里加鞭，
我跨着一匹拐腿的瞎马。

我冲入这黑绵绵的昏夜，
为要寻一颗明星；——
为要寻一颗明星，
我冲入这黑茫茫的荒野。

累坏了，累坏了我胯下的牲口，
那明星还不出现；——
那明星还不出现，
累坏了，累坏了马鞍上的身手。

这回天上透出了水晶似的光明，
荒野里倒着一只牲口，
黑夜里躺着一具尸首。——
这回天上透出了水晶似的光明！

（写于1924年11月23日）

消息

雷雨暂时收敛了；
双龙似的双虹，
显现在雾霭中，
天矫、鲜艳、生动，——
好兆！明天准是好天了。

什么！又是一阵打雷了，——
在云外、在天外，
又是一片暗淡，
不见了鲜虹彩，——
希望，不曾站稳，又毁了。

（写于 1924 年 12 月）

五老峰

不可摇撼的神奇，
不容注视的威严，
这耸峙，这横蟠，
这不可攀援的峻险！
看！那峣岩缺处
透露着天，窈远的苍天，
在无限广博的怀抱间，
这磅礴的伟像显现！

是谁的意境，是谁的想象？
是谁的工程与搏造的手痕？
在这亘古的空灵中

陵慢着天风，天体与天氛！
有时朵朵明媚的彩云，
轻颤的，妆缀着老人们的苍鬓，
像一树虬干的古梅在月下
吐露了艳色鲜葩的清芬！

山麓前伐木的村童，
在山涧的清流中洗濯，呼啸，
认识老人们的嗔颦，
迷雾海沫似的喷涌，铺罩，
淹没了谷内的青林，
隔绝了鄱阳的水色袅渺，
陡壁前闪亮着火电，听呀！
五老们在渺茫的雾海外狂笑！

朝霞照他们的前胸，
晚霞戏逗着他们赤秃的头颅；
黄昏时，听异鸟的欢呼，
在他们鸠盘的肩旁怯怯的透露
不昧的星光与月彩：
柔波里，缓泛着的小艇与轻舸；
听呀！在海会静穆的钟声里，
有朝山人在落叶林中过路！

更无有人事的虚荣，
更无有尘世的仓促与噩梦，
灵魂！记取这从容与伟大，
在五老峰前饱啜自由的山风！
这不是山峰，这是古圣人的祈祷，
凝聚成这“冻乐”似的建筑神工，
给人间一个不朽的凭证，——
一个“崛强的疑问”在无极的蓝空！

（约写于1924年12月）

在

那山道旁

在那山道旁，一天雾蒙蒙的朝上，
初生的小蓝花在草丛里窥觑，
我送别她归去，与她在此分离，
在青草里飘拂，她的洁白的裙衣。

我不曾开言，她亦不曾告辞，
驻足在山道旁，我暗暗的寻思：
“吐露你的秘密，这不是最好时机？”——
露湛的小草花，仿佛恼我的迟疑。

为什么迟疑，这是最后的时机，
在这山道旁，在这雾茫的朝上？
收集了勇气，向着她我旋转身去：——
但是啊！为什么她这满眼凄惶？

我咽住了我的话，低下了我的头：
火灼与冰激在我的心胸间回荡，
啊，我认识了我的命运，她的忧愁，——
在这浓雾里，在这凄清的道旁！

在那天朝上，在雾茫茫的山道旁，
新生的小蓝花在草丛里睥睨，
我目送她远去，与她从此分离——
在青草间飘拂，她那洁白的裙衣！

（1924年12月1日《晨报·文学旬刊》）

雪花的快乐

假如我是一朵雪花，
翩翩的在半空里潇洒，
我一定认清我的方向——
飞飏，飞飏，飞飏，——
这地面上有我的方向。

不去那冷寞的幽谷，
不去那凄清的山麓，
也不上荒街去惆怅——
飞飏，飞飏，飞飏，——
你看，我有我的方向！

在半空里娟娟的飞舞，
认明了那清幽的住处，
等着她来花园里探望——
飞飏，飞飏，飞飏，——
啊，她身上有朱砂梅的清香！

那时我凭借我的身轻，
盈盈的，沾住了她的衣襟，
贴近她柔波似的心胸——
消溶，消溶，消溶——
溶入了她柔波似的心胸！

（写于 1924 年 12 月 30 日）

不再
是我的
乖乖

一

前天我是一个小孩，
这海滩最是我的爱；
早起的太阳赛如火炉，
趁暖和我来做我的工夫：
捡满一衣兜的贝壳，
在这海砂上起造宫阙；
哦，这浪头来得凶恶，
冲了我得意的建筑——
我喊一声海，海！
你是我小孩儿的乖乖！

二

昨天我是一个“情种”
到这海滩上来发疯；
西天的晚霞慢慢的死，
血红变成姜黄，又变紫，
一颗星在半空里窥伺，
我匐伏在砂堆里画字，
一个字，一个字，又一个字，
谁说不是我心爱的游戏？
我喊一声海，海！
不许你有一点儿的更改！

三

今天！咳，为什么要有今天？
不比从前，没了我的疯癫，
再没有小孩时的新鲜，
这回再不来这大海的边沿！
头顶不见天光的方便，
海上只暗沉沉的一片，
暗潮侵蚀了砂字的痕迹，
却不冲淡我悲惨的颜色——
我喊一声海，海！
你从此不再是我的乖乖！

（写于 1925 年 1 月）

残诗

怨谁？怨谁？这不是青天里打雷？
关着，锁上；赶明儿瓷花砖上堆灰！
别瞧这白石台阶儿光滑，赶明儿，唉，
石缝里长草，石板上青青的全是莓！
那廊下的青玉缸里养着鱼，真凤尾，
可还有谁给换水，谁给捞草，谁给喂？
要不了三五天准翻着白肚鼓着眼，
不浮着死，也就让冰分儿压一个扁！
顶可怜是那几个红嘴绿毛的鹦哥，
让娘娘教得顶乖，会跟着洞箫唱歌，
真娇养惯，喂食一迟，就叫人名儿骂，
现在，您叫去！就剩空院子给您答话！……

（写于1925年1月）

这是一个懦怯的世界

这是一个懦怯的世界，
容不得恋爱，容不得恋爱！
披散你的满头发，
赤露你的一双脚；
跟着我来，我的恋爱，
抛弃这个世界
殉我们的恋爱！

我拉着你的手，
爱，你跟着我走；
听凭荆棘把我们的脚心刺透，
听凭冰雹劈破我们的头，
你跟着我走，

我拉着你的手，
逃出了牢笼，恢复我们的自由！

跟着我来，
我的恋爱！
人间已经掉落在我们的后背，——
看呀，这不是白茫茫的大海？
白茫茫的大海，
白茫茫的大海，
无边的自由，我与你与恋爱！

顺着我的指头看，
那天边一小星的蓝——
那是一座岛，岛上有青草，
鲜花，美丽的走兽与飞鸟；
快上这轻快的小艇，
去到那理想的天庭——
恋爱，欢欣，自由——辞别了人间，永远！

（写于1925年2月）

她是睡着了

她是睡着了——
星光下一朵斜欹的白莲；
她入梦境了——
香炉里袅起一缕碧螺烟。

她是眠熟了——
涧泉幽抑了喧响的琴弦；
她在梦乡了——
粉蝶儿，翠蝶儿，翻飞的欢恋。

停匀的呼吸：
清芬，渗透了她的周遭的清氛；
有福的清氛，
怀抱着，抚摩着，她纤纤的身形！

奢侈的光阴！
静，沙沙的尽是闪亮的黄金，
平铺着无垠，
波鳞间轻漾着光艳的小艇。

醉心的光景：
给我披一件彩衣，啜一坛芳醴，
折一枝藤花，
舞，在葡萄丛中颠倒，昏迷。

看呀，美丽！
三春的颜色移上了她的香肌，
是玫瑰，是月季，
是朝阳里的水仙，鲜妍，芳菲！

梦底的幽秘，
挑逗着她的心——纯洁的灵魂，
像一只蜂儿，
在花心恣意的唐突——温存。

童真的梦境！
静默，休教惊断了梦神的殷勤；

抽一丝金络，
抽一丝银络，抽一丝晚霞的紫曛；

玉腕与金梭，
织缣似的精审，更番的穿度——
化生了彩霞，
神阙，安琪儿的歌，安琪儿的舞。

可爱的梨涡，
解释了处女的梦境的欢喜，
像一颗露珠，
颤动的，在荷盘中闪耀着晨曦！

（约写于1925年初夏）

乡村里

的
音籁

小舟在垂柳荫间缓泛，
一阵阵初秋的凉风，
吹生了水面的漪绒，
吹来两岸乡村里的音籁。

我独自凭着船窗闲憩，
静看着一河的波幻，
静听着远近的音籁，
又一度与童年的情景默契！

这是清脆的稚儿的呼唤，
田场上工作纷纭，
竹篱边犬吠鸡鸣，
但这无端的悲感与凄惋！

白云在蓝天里飞行，
我欲把恼人的年岁，
我欲把恼人的情爱，
托付与无涯的空灵——消泯！

回复我纯朴的，美丽的童心：
像山谷里的冷泉一勺，
像晓风里的白头乳鹊，
像池畔的草花，自然的鲜明。

（写于 1925 年 8 月之前）

一星

弱
火

我独坐在半山的石上，
看前峰的白云蒸腾，
一只不知名的小雀，
嘲讽着我迷惘的神魂。

白云一饼饼的飞升，
化入了辽远的无垠；
但在我逼仄的心头，啊，
却凝敛着惨雾与愁云！

皎洁的晨光已经透露，
洗净了青屿似的前峰；
像墓墟间的磷光惨淡，
一星的微焰在我的胸中。

但这惨淡的弱火一星，
照射着残骸与余烬，
虽则是往迹的嘲讽，
却绵绵的长随时间进行！

（写于1925年8月之前）

难得

难得，夜这般的清静，
难得，炉火这般的温，
更是难得，无言的相对，
一双寂寞的灵魂！

也不必筹营，也不必详论，
更没有虚骄，猜忌与嫌憎，
只静静的坐对着一炉火，
只静静的默数远巷的更。

喝一口白水，朋友，
滋润你的干裂的口唇；
你添上几块煤，朋友，——
一炉的红焰感念你的殷勤。

在冰冷的冬夜，朋友，
人们方始珍重难得的炉薪；
在这冰冷的世界，
方始凝结了少数同情的心！

（约写于1925年8月前）

为谁

这几天秋风来得格外的尖厉：
我怕看我们的庭院，
树叶伤鸟似的猛旋，
中着了无形的利箭——
没了，全没了：生命、颜色、美丽！

就剩下西墙上的几道爬山虎：
它那豹斑似的秋色，
忍熬着风拳的打击，
低低的喘一声乌邑——
“我为你耐着！”它仿佛对我声诉。

它为我耐着，那艳色的秋萝，
但秋风不容情的追，
追，（摧残是它的恩惠！）
追尽了生命的余辉——
这回墙上不见了勇敢的秋萝！

今夜那青光的三星在天上，
倾听着秋后的空院，
悄悄的，更不闻呜咽：
落叶在泥土里安眠——
只我在这深夜，啊，为谁凄惘？

（写于 1925 年 8 月之前）

青年

曲

泣与笑，恋与愿与恩怨，
难得的青年，倏忽的青年，
前面有座铁打的城垣，青年，
你进了城垣，永别了春光，
永别了青年，恋与愿与恩怨！

妙乐与酒与玫瑰，不久住人间，
青年，彩虹不常在天边，
梦里的颜色，不能永葆鲜妍，
你须珍重，青年，你有限的脉搏，
休教幻景似的消散了你的青年！

（写于 1925 年 8 月之前）

无题

原是你的本分，朝山人的胫踝，
这荆刺的伤痛！回看你的来路，
看那草丛乱石间斑斑的血迹，
在暮霭里记认你从来的踪迹！
且缓抚摩你的肢体，你的止境
还远在那白云环拱处的山岭！

无声的暮烟，远从那山麓与林边，
渐渐的潮没了这旷野，这荒天，
你渺小的孑影面对这冥盲的前程，
像在怒涛间的轻航失去了南针；
更有那黑夜的恐怖，悚骨的狼嗥，
狐鸣、鹰啸、蔓草间有蝮蛇缠绕！

退后？——昏夜一般的吞蚀血染的来踪，
倒地？——这懦怯的累赘问谁去收容？
前冲？啊，前冲！冲破这黑暗的冥凶。
冲破一切的恐怖、迟疑、畏葸、苦痛，
血淋漓的践踏过三角棱的劲刺，
丛莽中伏兽的利爪，蜿蜒的虫豸！

前冲；灵魂的勇是你成功的秘密！
这回你看，在这决心舍命的瞬息，
迷雾已经让路，让给不变的天光，
一弯青玉似的明月在云隙里探望，
依稀窗纱间美人启齿的瓠犀，——
那是灵感的赞许，最恩宠的赠与！

更有那高峰，你那最想望的高峰，
亦已涌现在当前，莲苞似的玲珑，
在蓝天里，在月华中，秾艳，崇高，
朝山人，这异像便是你跋涉的酬劳！

（1925年8月中华书局《志摩的诗》）

落叶小唱

一阵声响转上了阶沿，
（我正挨近着梦乡边；）
这回准是她的脚步了，我想——
在这深夜！

一声剥啄在我的窗上，
（我正靠紧着睡乡旁；）
这准是她来闹着玩——你看，
我偏不张皇！

一个声息贴近我的床，
我说（一半是睡梦，一半是迷惘）：——
“你总不能明白我，你又何苦
多叫我心伤！”

一声喟息落在我的枕边，
（我已在梦乡里留恋；）
“我负了你！”你说——你的热泪
烫着我的脸！

这声响恼着我的梦魂
（落叶在庭前舞，一阵，又一阵；）
梦完了，呵，回复清醒；恼人的——
却只是秋声！

（写于1925年8月之前）

我有一个恋爱

我有一个恋爱，
我爱天上的明星，
我爱它们的晶莹：——
人间没有这异样的神明！

在冷峭的暮冬的黄昏，
在寂寞的灰色的清晨，
在海上，在风雨后的山顶：——
永远有一颗，万颗的明星！

山涧边小草花的知心，
高楼上小孩童的欢欣，
旅行人的灯亮与南针：——
万万里外闪烁的精灵！

我有一个破碎的魂灵，
像一堆破碎的水晶，
散布在荒野的枯草里：——
饱啜你一瞬瞬的殷勤。

人生的冰激与柔情，
我也曾尝味，我也曾容忍；
有时阶砌下蟋蟀的秋吟：——
引起我心伤，逼迫我泪零。

我袒露我的坦白的胸襟，
献爱与一天的明星；
任凭人生是幻是真，
地球存在或是消泯：——
大空中永远有不昧的明星！

（写于1925年8月之前）

多谢天！

我的心
又一度的跳荡

多谢天！我的心又一度的跳荡，
这天蓝与海青与明洁的阳光，
驱净了梅雨时期无欢的踪迹，
也散放了我心头的网罗与纽结，
像一朵曼陀罗花英英的露爽，
在空灵与自由中忘却了迷惘：——
迷惘，迷惘！也不知来自何处，
囚禁着我心灵的自然的流露，
可怖的梦魇，黑夜无边的惨酷，
苏醒的盼切，只增剧灵魂的麻木！
曾经有多少的白昼，黄昏，清晨，
嘲讽我这蚕茧似不生产的生存？
也不知有几遭的明月，星群，晴霞，
山岭的高亢与流水的光华……

辜负！辜负自然界叫唤的殷勤，
惊不醒这沉醉的昏迷与顽冥！

如今，多谢这无名的博大的光辉，
在艳色的青波与绿岛间萦洄，
更有那渔船与帆影，亭亭的黏附
在天边，唤起辽远的梦景与梦趣：
我不由的惊悚，我不由的感愧；
（有时微笑的妩媚是启悟的棒槌！）
是何来倏忽的神明，为我解脱
忧愁，新竹似的豁裂了外箨，
透露内裹的青篁，又为我洗净
障眼的盲翳，重见宇宙间的欢欣。

这或许是我生命重新的机兆；
大自然的精神！容纳我的祈祷，
容许我的不踌躇的注视，容许
我的热情的献致，容许我保持
这显示的神奇，这现在与此地，
这不可比拟的一切间隔的毁灭！
我更不问我的希望，我的惆怅，
未来与过去只是渺茫的幻想，
更不向人间访问幸福的进门，
只求每时分给我不死的印痕，——
变一颗埃尘，一颗无形的埃尘，
追随着造化的车轮，进行，进行……

（写于1925年8月之前）

毒药

今天不是我歌唱的日子，我口边涎着狞恶的微笑，不是我说笑的日子，我胸怀间插着发冷光的利刃；

相信我，我的思想是恶毒的因为这世界是恶毒的，我的灵魂是黑暗的因为太阳已经灭绝了光彩，我的声调是像坟堆里的夜鸮因为人间已经杀尽了一切的和谐，我的口音像是冤鬼责问他的仇人因为一切的恩已经让路给一切的怨；

但是相信我，真理是在我的话里虽则我的话像是毒药，真理是永远不含糊的虽则我的话里仿佛有两头蛇的舌，蝎子的尾尖，蜈蚣的触须；只因为我的心里充满着比毒药更强烈、比咒诅更狠毒、比火焰更猖狂、比死更深奥的不忍心与怜悯心与爱心，所以我说的话是毒性的、咒诅的、燎灼的、虚无的；

相信我，我们一切的准绳已经埋没在珊瑚土打紧的墓宫里，最劲冽的祭肴的香味也穿不透这严封的地层：一切的准则是死了的；
我们一切的信心像是顶烂在树枝上的风筝，我们手里擎着这进断了的鹞线：一切的信心是烂了的；
相信我，猜疑的巨大的黑影，像一块乌云似的，已经笼盖着人间一切的关系：人子不再悲哭他新死的亲娘，兄弟不再来携着他姊妹的手，朋友变成了寇仇，看家的狗回头来咬他主人的腿：是的，猜疑淹没了一切；在路旁坐着啼哭的，在街心里站着的，在你窗前探望的，都是被奸污的处女：池潭里只见些烂破的鲜艳的荷花；
在人道恶浊的涧水里流着，浮荇似的，五具残缺的尸体，他们是仁义礼智信，向着时间无尽的海澜里流去；
这海是一个不安静的海，波涛猖獗的翻着，在每个浪头的小白帽上，分明的写着人欲与兽性；
到处是奸淫的现象：贪心搂抱着正义，猜忌逼迫着同情，懦怯狎亵着勇敢，肉欲侮弄着恋爱，暴力侵凌着人道，黑暗践踏着光明；
听呀，这一片淫猥的声响，听呀，这一片残暴的声响；
虎狼在热闹的市街里，强盗在你们妻子的床上，罪恶在你们深奥的灵魂里……

（写于1924年9月底）

第二辑

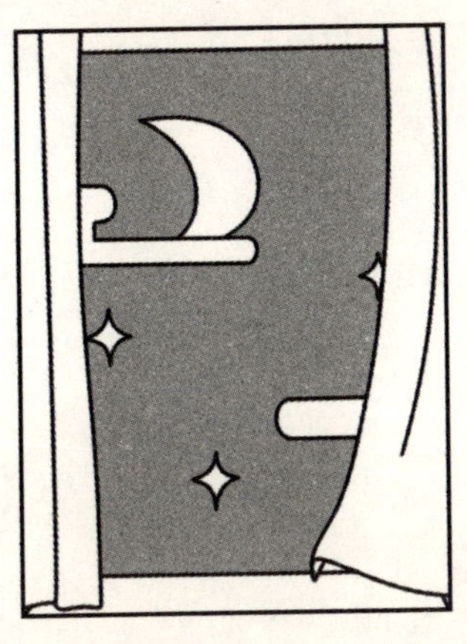

翡冷翠的一夜

庐山石工歌

一

唉浩！唉浩！唉浩！
唉浩！唉浩！
我们起早，唉浩，
看东方晓，唉浩，东方晓！
唉浩！唉浩！
鄱阳湖低！唉浩，庐山高！
唉浩，庐山高；唉浩，庐山高！
唉浩，庐山高！
唉浩，唉浩！唉浩！
唉浩！唉浩！

二

浩唉！浩唉！浩唉！

浩唉，浩唉！

我们早起，浩唉！

看白云低，浩唉！白云飞！

浩唉！浩唉！

天气好，浩唉！上山去；

浩唉；上山去；浩唉，上山去；

浩唉，上山去！

浩唉！浩唉！……浩唉！

浩唉！浩唉！

三

浩唉！唉浩，浩唉！

唉浩，浩唉！唉浩！

浩唉！唉浩！浩唉！

唉浩！浩唉！唉浩！

太阳好，唉浩，太阳焦，

赛如火烧，唉浩！

大风起，浩唉，白云铺地；

当心脚底，浩唉；

浩唉，电闪飞，唉浩，大雨暴；

天昏，唉浩，地黑，浩唉

天雷到，浩唉，天雷到！

浩唉，鄱阳湖低；唉浩，五老峰高！

浩唉，上山去，唉浩，上山去！

浩唉，上山去！

唉浩，鄱阳湖低！浩唉，庐山高！

唉浩，上山去，浩唉，上山去！

唉浩，上山去！

浩唉！浩唉！浩唉！

浩唉！浩唉！浩唉！

浩唉！浩唉！浩唉！

浩唉！浩唉！浩唉！

（写于 1924 年 8 月）

西伯利亚

西伯利亚：——我早年时想象
你不是受上天恩情的地域：
荒凉、严肃，不可比况的冷酷。
在冻雾里，在无边的雪地里，
有局促的生灵们，半像鬼、枯瘠、
黑面目、佝偻、默无声的工作。
在他们，这地面是寒冰的地狱，
天空不留一丝霞采的希冀，
更不问人事的恩情，人情的旖旎；
这是为怨郁的人间淤藏怨郁，
茫茫的白雪里渲染人道的鲜血，
西伯利亚，你象征的是恐怖、荒虚。
但今天，我面对这异样的风光——
不是荒原，这春夏间的西伯利亚，

更不见严冬时的坚冰、枯枝、寒鸦；
在这乌拉尔东来的草田，茂旺、葱秀，
牛马的乐园，几千里无际的绿洲，
更有那重叠的森林；赤松与白杨，
灌属的小丛林，手挽手的滋长；
那赤皮松，像巨万赭衣的战士，
森森的、悄悄的，等待冲锋的号示，
那白杨，婀娜的多姿，最是那树皮，
白如霜，依稀林中仙女们的轻衣；
就这天——这天也不是寻常的开朗：
看，蓝空中往来的是轻快的仙航，——
那不是云彩，那是天神们的微笑，
琼花似的幻化在这圆穹的周遭……

一九二五年过西伯利亚倚车窗眺景随笔

（写于1925年3月）

西伯利亚道中

忆西湖秋雪庵芦色
作歌

我捡起一枝肥圆的芦梗，
在这秋月下的芦田；
我试一试芦笛的新声，
在月下的秋雪庵前。
这秋月是纷飞的碎玉，
芦田是神仙的别殿；
我弄一弄芦管的幽乐——
我映影在秋雪庵前。
我先吹我心中的欢喜——
清风吹露芦雪的酥胸；
我再弄我欢喜的心机——
芦田中见万点的飞萤。
我记起了我生平的惆怅，
中怀不禁一阵的凄迷，

笛韵中也听出了新来凄凉——
近水间有断续的蛙啼。
这时候芦雪在明月下翻舞，
我暗地思量人生的奥妙，
我正想谱一折人生的新歌，
啊，那芦笛（碎了）再不成音调！
这秋月是缤纷的碎玉，
芦田是仙家的别殿；
我弄一弄芦管的幽乐，——
我映影在秋雪庵前。
我捡起一枝肥圆的芦梗，
在这秋月下的芦田；
我试一试芦笛的新声，
在月下的秋雪庵前。

（写于1925年3月中旬过西伯利亚时）

她怕他

说出口

（朋友，我懂得那一条骨鲠，
难受不是？——难为你的咽喉；）
“看，那草瓣上蹲着一只蚱蜢，
那松林里的风声像是箜篌。”

（朋友，我明白，你的眼水里
闪动着你的真情的泪晶；）
“看，那一双蝴蝶连翩的飞；
你试闻闻这紫兰花馨！”

（朋友，你的心在怦怦的动，
我的也不一定是安宁；）
“看，那一对雌雄的双虹！
在云天里卖弄着娉婷；”
（这不是玩，还是不出口的好，

我顶明白你灵魂里的秘密；）
“那是句致命的话，你得想到，
回头你再来追悔那又何必！”

（我不愿你进火焰里去遭罪，
就我——就我也不情愿受苦！）
“你看那双虹已经完全破碎；
花草里不见了蝴蝶儿飞舞。”

（耐着！美不过这半绽的花蕾；
何必再添深这颊上的薄晕？）
“回走吧，天色已是怕人的昏黑，——
明儿再来看鱼肚色的朝云！”

（1925年4月25日《晨报·文学》）

苏苏

苏苏是一个痴心的女子：
像一朵野蔷薇，她的丰姿；
像一朵野蔷薇，她的丰姿——
来一阵暴风雨，摧残了她的身世。

这荒草地里有她的墓碑：
淹没在蔓草里，她的伤悲；
淹没在蔓草里，她的伤悲——
啊，这荒土里化生了血染的蔷薇！

那蔷薇是痴心女的灵魂，
在清早上受清露的滋润，
到黄昏时有晚风来温存，
更有那长夜的慰安，看星斗纵横。

你说这应分是她的平安？
但运命又叫无情的手来攀，
攀，攀尽了青条上的灿烂。——
可怜呵，苏苏她又遭一度的摧残！

（写于1925年5月5日）

翡冷翠[1]的一夜

你真的走了，明天？那我，那我，……
你也不用管，迟早有那一天；
你愿意记着我，就记着我，
要不然趁早忘了这世界上
有我，省得想起时空着恼，
只当是一个梦，一个幻想；
只当是前天我们见的残红，
怯怜怜的在风前抖擞，一瓣，
两瓣，落地，叫人踩，变泥……
唉，叫人踩，变泥——变了泥倒干净，
这半死不活的才叫是受罪，
看着寒伧，累赘，叫人白眼——
天呀！你何苦来，你何苦来……

[1] 翡冷翠，Florence，现通译为佛罗伦萨，意大利中部的一个城市。

我可忘不了你，那一天你来，
就比如黑暗的前途见了光彩，
你是我的先生，我爱，我的恩人，
你教给我什么是生命，什么是爱，
你惊醒我的昏迷，偿还我的天真，
没有你我哪知道天是高，草是青?
你摸摸我的心，它这下跳得多快；
再摸我的脸，烧得多焦，亏这夜黑
看不见；爱，我气都喘不过来了，
别亲我了；我受不住这烈火似的活，
这阵子我的灵魂就像是火砖上的
熟铁，在爱的锤子下，砸，砸，火花
四散的飞洒……我晕了，抱着我，
爱，就让我在这儿清静的园内，
闭着眼，死在你的胸前，多美!
头顶白杨树上的风声，沙沙的，
算是我的丧歌，这一阵清风，
橄榄林里吹来的，带着石榴花香，
就带了我的灵魂走，还有那萤火，
多情的殷勤的萤火，有他们照路，
我到了那三环洞的桥上再停步，
听你在这儿抱着我半暖的身体，
悲声的叫我、亲我、摇我，咂我，……

我就微笑的再跟着清风走，
随他领着我，天堂、地狱，哪儿都成，
反正丢了这可厌的人生，实现这死
在爱里，这爱中心的死，不强如
五百次的投生？……自私，我知道，
可我也管不着……你伴着我死？
什么，不成双就不是完全的“爱死”，
要飞升也得两对翅膀儿打伙，
进了天堂还不一样的得照顾，
我少不了你，你也不能没有我；
要是地狱，我单身去你更不放心，
你说地狱不定比这世界文明
（虽则我不信，）像我这娇嫩的花朵，
难保不再遭风暴，不叫雨打，
那时候我喊你，你也听不分明，——
那不是求解脱反投进了泥坑，
倒叫冷眼的鬼串通了冷心的人，
笑我的命运，笑你懦怯的粗心？
这话也有理，那叫我怎么办呢？
活着难，太难，就死也不得自由，
我又不愿你为我牺牲你的前程……
唉！你说还是活着等，等那一天！
有那一天吗？——你在，就是我的信心；

可是天亮你就得走，你真的忍心
丢了我走？我又不能留你，这是命；
但这花，没阳光晒，没甘露浸，
不死也不免瓣尖儿焦萎，多可怜！
你不能忘我，爱，除了在你的心里，
我再没有命，是，我听你的话，我等，
等铁树儿开花我也得耐心等；
爱，你永远是我头顶的一颗明星：
要是不幸死了，我就变一个萤火，
在这园里，挨着草根，暗沉沉的飞，
黄昏飞到半夜，半夜飞到天明，
只愿天空不生云，我望得见天，
天上那颗不变的大星，那是你，
但愿你为我多放光明，隔着夜，
隔着天，通着恋爱的灵犀一点……

六月十一日，一九二五年翡冷翠山中

（写于1925年6月11日）

在

哀克刹脱教堂
前[1]

这是我自己的身影，今晚间
倒映在异乡教宇的前庭，
一座冷峭峭森严的大殿，
一个峭阴阴孤耸的身影。

我对着寺前的雕像发问：
“是谁负责这离奇的人生？
老朽的雕像瞅着我发愣，
仿佛怪嫌这离奇的疑问。

我又转问那冷郁郁的大星，
它正升起在这教堂的后背，

[1] 原诗名为《在哀克刹脱教堂前(Excter)》。哀克刹脱教堂，现通译为埃克塞特教堂。埃克塞特市中心的一座哥特式建筑风格的教堂。

但它答我以嘲讽似的迷瞬，
在星光下相对，我与我的迷谜！

这时间我身旁的那棵老树，
他荫蔽着战迹碑下的无辜，
幽幽的叹一声长气，像是
凄凉的空院里凄凉的秋雨。

他至少有百余年的经验，
人间的变幻他什么都见过；
生命的顽皮他也曾计数：
春夏间汹汹，冬季里婆娑。

他认识这镇上最老的前辈，
看他们受洗，长黄毛的婴孩；
看他们配偶，也在这教门内，——
最后看他们的名字上墓碑！

这半悲惨的趣剧他早经看厌，
他自身臃肿的残余更不沾恋；
因此他与我同心，发一阵叹息——
啊！我身影边平添了斑斑的落叶！

（写于 1925 年 7 月）

起造
一座墙

你我千万不可亵渎那一个字，
别忘了在上帝跟前起的誓。
我不仅要你最柔软的柔情，
蕉衣似的永远裹着我的心；
我要你的爱有纯钢似的强，
在这流动的生里起造一座墙；
任凭秋风吹尽满园的黄叶，
任凭白蚁蛀烂千年的画壁；
就使有一天霹雳震翻了宇宙，——
也震不翻你我“爱墙”内的自由！

（写于1925年8月）

呻吟语

我亦愿意赞美这神奇的宇宙，
我亦愿意忘却了人间有忧愁，
像一只没挂累的梅花雀，
清朝上歌曲，黄昏时跳跃；——
假如她清风似的常在我的左右！
我亦想望我的诗句清水似的流，
我亦想望我的心池鱼似的悠悠；
但如今膏火是我的心，
再休问我闲暇的诗情？——
上帝！你一天不还她生命与自由！

（写于1925年8月）

海韵

一

“女郎，单身的女郎，
你为什么留恋
这黄昏的海边？——
女郎，回家吧，女郎！”
“啊不；回家我不回。
我爱这晚风吹。”——
在沙滩上，在暮霭里，
有一个散发的女郎——
徘徊，徘徊。

二

“女郎，散发的女郎，
你为什么彷徨

在这冷清的海上？
女郎，回家吧，女郎！”
“啊不；你听我唱歌，
大海，我唱，你来和。”——
在星光下，在凉风里。
轻荡着少女的清音——
高吟，低哦。

三

“女郎，胆大的女郎！
那天边扯起了黑幕，
这顷刻间有恶风波，——
女郎，回家吧，女郎！”
“啊不；你看我凌空舞，
学一个海鸥没海波。”——
在夜色里，在沙滩上，
急旋着一个苗条的身影，——
婆娑，婆娑。

四

“听呀，那大海的震怒，
女郎，回家吧，女郎！

看呀，那猛兽似的海波，
女郎，回家吧，女郎！”
“啊不：海波他不来吞我，
我爱这大海的颠簸！”——
在潮声里，在波光里，
啊，一个慌张的少女在海沫里，
蹉跎，蹉跎。

五

“女郎，在哪里，女郎？
在哪里，你嘹亮的歌声？
在哪里，你窈窕的身影？
在哪里，啊，勇敢的女郎？”
黑夜吞没了星辉，
这海边再没有光芒；
海潮吞没了沙滩，
沙滩上再不见女郎，——
再不见女郎！

（1925年8月17日《晨报·文学旬刊》）

客中

今晚天上有半轮的下弦月；
我想携着她的手，
往明月多处走——
一样是清光，我说，圆满或残缺。

园里有一树开剩的玉兰花；
她有的是爱花癖，
我爱看她的怜惜——
一样是芬芳，她说，满花与残花。

浓荫里有一只过时的夜莺；
她受了秋凉，
不如从前浏亮——
快死了，她说，但我不悔我的痴情！

但这莺，这一树花，这半轮月——

我独自沉吟，

对着我的身影——

她在那里，啊，为什么伤悲，凋谢，残缺？

（写于 1925 年 9 月）

我来

扬子江边
买一把莲蓬

我来扬子江边买一把莲蓬；
手剥一层层蓬衣，
看江鸥在眼前飞，
忍含着一眼悲泪——
我想着你，我想着你，啊小龙！

我尝一尝莲瓤，回味曾经的温存：——
那阶前不卷的重帘，
掩护着同心的欢恋，
我又听着你的盟言，
“永远是你的，我的身体，我的灵魂。”

我尝一尝莲心，我的心比莲心苦；
我长夜里怔忡，

挣不开的恶梦，
谁知我的苦痛？
你害了我，爱，这日子叫我如何过？

但我不能责你负，我不忍猜你变，
我心肠只是一片柔：
你是我的！我依旧将你紧紧的抱搂——
除非是天翻——但谁能想象那一天？

（写于1925年9月9日）

这年头

活着
不易

昨天我冒着大雨到烟霞岭下访桂；
南高峰在烟霞中不见，
在一家松茅铺的屋檐前
我停步，问一个村姑今年
翁家山的桂花有没有去年开的媚。

那村姑先对着我身上细细的端详：
活像只羽毛浸瘪了的鸟，
我心想，她定觉得蹊跷。
在这大雨天单身走远道，
倒来没来头的问桂花今年香不香。

“客人，你运气不好，来得太迟又太早：
这里就是有名的满家陇，

往年这时候到处香得凶，
这几天连绵的雨，外加风，
弄得这稀糟，今年的早桂就算完了。”

果然这桂子林也不能给我点子欢喜：
枝上只见焦萎的细蕊，
看着凄惨，唉，无妄的灾！
为什么这到处是憔悴？
这年头活着不易！这年头活着不易！

西湖，九月。

（写于 1925 年 9 月 17 日）

再不见

雷峰

再不见雷峰，雷峰坍成了一座大荒冢，
顶上有不少交抱的青葱；
顶上有不少交抱的青葱，
再不见雷峰，雷峰坍成了一座大荒冢。

为什么感慨，对着这光阴应分的摧残?
世上多的是不应分的变态；
世上多的是不应分的变态，
发什么感慨，对着这光阴应分的摧残?

为什么感慨，这塔是镇压，这坟是掩埋——
镇压还不如掩埋来得痛快!
镇压还不如掩埋来得痛快，
发什么感慨，这塔是镇压，这坟是掩埋!

再没有雷峰，雷峰从此掩埋在人的记忆中，
像曾经的幻梦，曾经的爱宠；
像曾经的幻梦，曾经的爱宠，
再没有雷峰，雷峰从此掩埋在人的记忆中。

九月，西湖。

（写于 1925 年 9 月 17 日）

丁当

——

清新

檐前的秋雨在说什么?
它说摔了她，忧郁什么?
我手拿起案上的镜框，
在地平上摔了一个丁当。

檐前的秋雨又在说什么?
“还有你心里那个留着做什么?”
蓦地里又听见一声清新——
这回摔破的是我自己的心!

（写于1925年秋）

运命
的逻辑

一

前天她在水晶宫似照亮的大厅里跳舞——
多么亮她的袜!
多么滑她的发!
她那牙齿上的笑痕叫全堂的男子们疯魔。

二

昨来她短了资本,
变卖了她的灵魂;
那戴喇叭帽的魔鬼在她的耳边传授了秘诀,
她起了皱纹的脸又搽上不少男子们的心血。

三

今天在城隍庙前阶沿上坐着的这个老丑，

她胸前挂着一串，不是珍珠，是男子们的骷髅；

神道见了她摇头，

魔鬼见了她哆嗦！

（1925年10月8日《晨报副刊》）

决断

我的爱：
再不可迟疑；
误不得
这唯一的时机，

天平秤——
在你自己心里，
哪头重——
法码都不用比！

你我的——
哪还用着我提？
下了种，
就得完功到底。

生，爱，死——
三连环的迷谜；
拉动一个，
两个就跟着挤。

老实说，
我不希罕这活，
这皮囊，——
哪处不是拘束。

要恋爱，
要自由，要解脱——
这小刀子，
许是你我的天国！

可是不死
就得跑，远远的跑；
谁耐烦
在这猪圈里捞骚？

险——
不用说，总得冒，

不拼命，
哪件事拿得着？

看那星，
多勇猛的光明！
看这夜，
多庄严，多澄清！

走吧，甜，
前途不是暗昧；
多谢天，
从此跳出了轮回！

（写于 1925 年 11 月）

白须的海老儿

那船平空在海中心抛锚，
也不顾我心头野火似的烧！
那白须的海老倒像有同情，
他声声问的是为甚不进行？

我伸手向黑暗的空间抱，
谁说这缥缈不是她的腰？
我又飞吻给银河边的星，
那是我爱最灵动的明睛。

但这来白须的海老又生恼，
（他忌妒少年情，别看他年老！
他说你情急我偏给你不行，
你怎生跳度这碧波的无垠？）

果然那老顽皮有他的蹊跷，
这心头火差一点变海水里泡！
但此时我忙着亲我爱的香唇，
谁耐烦再和白须的海老儿争？

（写于1926年3月12日）

三月十二深夜

大沽口外

今夜困守在大沽口外：
绝海里的俘虏，
对着忧愁申诉；
桅上的孤灯在风前摇摆：
天昏昏有层云裹，
那掣电是探海火！

你说不自由是这变乱的时光？
但变乱还有时罢休，
谁敢说人生有自由？
今天的希望变作明天的怅阁；
星光在天外冷眼瞅，
人生是浪花里的浮沤！

我此时在凄冷的甲板上徘徊，
听海涛迟迟的吐沫，
心空如不波的湖水；
只一丝云影在这湖心里晃动——
不曾渗透的一个迷梦，
不忍渗透的一个迷梦！

（写于 1926 年 3 月 12 日）

梅雪争春

（纪念三一八）

南方新年里有一天下大雪，
我到灵峰去探春梅的消息；
残落的梅萼瓣瓣在雪里腌，
我笑说这颜色还欠三分艳！

运命说：你赶花朝节前回京，
我替你备下真鲜艳的春景：
白的还是那冷翩翩的飞雪，
但梅花是十三龄童的热血！

（1926年4月1日《晨报副刊·诗镌》第1号）

罪与罚

（一）

在这冰冷的深夜，在这冰冷的庙前，
匍匐着，星光里照出，一个冰冷的人形：
是病吗？不听见有呻吟。
死了吗？她肢体在颤震。
啊，假如你的手能向深奥处摸索，
她那冰冷的身体里还有个更冷的心！
她不是遇难的孤身，
她不是被摈弃的妇人；
不是尼僧，尼僧也不来深夜里修行；
她没有犯法，她的不是寻常的罪名：
她是一个美妇人，
她是一个恶妇人，——
她今天忽然发觉了她无形中的罪孽，
因此在这深夜里到上帝跟前来招认。

（1926 年 4 月 21 日《晨报副刊·诗镌》第 4 号）

罪与罚

（二）

“你——你问我为什么对你脸红?
这是天良，朋友，天良的火烧，
好，交给你了，记下我的口供，
满铺着谎的床上哪睡得着?

“你先不用问她们那都是谁，
回头你——（你有水不?我喝一口。
单这一提，我的天良就直追，
逼得我一口气直顶着咽喉。）

“冤孽！天给我这样儿：毒的香，
造孽的根，假温柔的野兽!
什么意识，什么天理，什么思想，
那敌得住那肉鲜鲜的引诱!

“先是她家那嫂子，风流，当然：
偏嫁了个丈夫不是个男人；
这干烤着的木柴早够危险，
再来一星星的火花——不就成！

“那一星的火花正轮着我——该！
才一面，够干脆的，魔鬼的得意；
一瞟眼，一条线，半个黑夜：
十七岁的童贞，一个活寡的急！

“堕落是一个进了出不得的坑，
可不是个陷坑，越陷越没有底，
咒他的！一桩桩更鲜艳的沉沦，
挂彩似的扮得我全没了主意！

“现吃亏的当然是女人，也可怜，
一步的孽报追着步的孽因，
她又不能往阉子身上推，活罪，——
一包药粉换着了一身的毒鳞！

“这还是引子，下文才真是孽债：
她家里另有一双并蒂的白莲，

透水的鲜，上帝禁阻闲蜂来采，
但运命偏不容这白玉的贞坚。

“那西湖上一宿的猖狂，又是我，
你知道，捣毁了那并蒂的莲苞——
单只一度！但这一度！谁能饶恕
天，这蹂躏！这色情狂的恶屠刀！

“那大的叫铃的偏对浪子情痴，
她对我失贞，你说这事情多瘪！
我本没有自由，又不能伴她死，
眼看她疯，丢丑，喔！雷砸我的脸！

“这事情说来你也该早明白，
我见着你眼内一阵阵的冒火：
本来！今儿我是你的囚犯，听凭
你发落，你裁判，杀了我，绞了我；

“我半点儿不生怨意，我再不能
不自首，天良逼得我没缝儿躲；
年轻人谁免得了有时候朦混，
但是天，我的分儿不有点太酷？

“谁料到这造孽的网兜着了你，
你，我的长兄，我的唯一的好友！
你爱箕，箕也爱你；箕是无罪的：
有罪是我，天罚那离奇的引诱！

“她的忠顺你知道，这六七年里，
她哪一事不为你牺牲，你不说
女人再没有箕的自苦；她为你
甘心自苦，为要洗净那一点错。

“这错又不是她的，你不能怪她；
话说完了，我放下了我的重负，
我唯一的祈求是保全你的家：
她是无罪的，我再说，我的朋友！

（1927年9月上海新月书店《翡冷翠的一夜》）

再休怪

我的脸

沉

不要着恼，乖乖，不要怪嫌
我的脸绷得直长，
我的脸绷得是长，
可不是对你，对恋爱生厌。

不要凭空往大坑里盲跳：
胡猜是一个大坑，
这里面坑得死人；
你听我讲，乖，用不着烦恼。

你，我的恋爱，早就不是你：
你我早变成一身，
呼吸，命运，灵魂——
再没有力量把你我分离。

你我比是桃花接上竹叶，
露水合着嘴唇吃，
经脉胶成同命丝，
单等春风到开一个满艳。

谁能怀疑他自创的恋爱？
天空有星光耿耿，
冰雪压不倒青春，
任凭海有时枯，石有时烂！

不是的，乖，不是对爱生厌！
你胡猜我也不怪，
我的样儿是太难，
反正我得对你深深道歉。

不错，我恼，恼的是我自己：
（山怨土堆不够高；
河对水私下唠叨。）
恨我自己为甚这不争气。

我的心（我信）比似个浅洼：
跳动着几条泥鳅，

积不住三尺清流，
盼不到天光，映不着彩霞；

又比是个力乏的朝山客；
他望见白云缭绕，
拥护着山远山高，
但他只能在倦疲中沉默。

也不是不认识上天威力；
他何尝甘愿绝望，
空对着光阴怅惘——
你到深夜里来听他悲泣！

就说爱，我虽则有了你，爱，
不愁在生命道上。
感受孤立的恐慌，
但天知道我还想往上攀！

恋爱，我要更光明的实现：
草堆里一个萤火，
企慕着天顶星罗：
我要你我的爱高比得天！

我要那洗度灵魂的圣泉，
洗掉这皮囊腌臜，
解放内裹的囚犯，
化一缕轻烟，化一朵青莲。

这，你看，才叫是烦恼自找；
从清晨直到黄昏，
从天昏又到天明，
活动着我自剖的一把钢刀！

不是自杀，你得认个分明。
劈去生活的余渣，
为要生命的精华；
给我勇气，啊，唯一的亲亲！

给我勇气，我要的是力量，
快来救我这围城，
再休怪我的脸沉，
快来，乖乖，抱住我的思想！

四月二十二日

（写于1926年4月22日）

望月

月：我隔着窗纱，在黑暗中，
望她从巉岩的山肩挣起——
一轮惺忪的不整的光华：
像一个处女，怀抱着贞洁，
惊惶的，挣出强暴的爪牙；

这使我想起你，我爱，当初
也曾在恶运的利齿间捱！
但如今，正如蓝天里明月：
你已升起在幸福的前峰，
洒光辉照亮地面的坎坷！

（1926年5月6日《晨报副刊·诗镌》第6号）

新

催妆曲

一

新娘，你为什么紧锁你的眉尖，
（听掌声如春雨吼，
鼓乐暴雨似的流！）
在缤纷的花雨中步慵慵的向前：
（向前，向前，到礼台边，
见新郎面！）
莫非这嘉礼惊醒了你的忧愁：
一针针的忧愁，
你的芳心刺透，
逼迫你热泪流，——
新娘，为什么你紧锁你的眉尖？

二

新娘，这礼堂不是杀人的屠场，
（听掌声如震天雷，
闹乐暴雨似的催！）
那台上站着的不是吃人的魔王：
他是新郎，
他是新郎，
你的新郎；
新娘，美满的幸福等在你的前面，
你快向前，
到礼台边，
见新郎面——
新娘，这礼堂不是杀人的屠场！

三

新娘，有谁猜得你的心头怨？——
（听掌声如劈山雷，
鼓乐暴雨似的催，
催花巍巍的新人快步的向前，
向前，向前，到礼台边，
见新郎面。）

莫非你到今朝，这定运的一天，
又想起那时候，
他热烈的抱搂，
那颤栗，那绸缪——
新娘，有谁猜得你的心头怨？

四

新娘，把钩消的墓门压在你的心上：
（这礼堂是你的坟场，
你的生命从此埋葬！）
让伤心的热血添浓你颊上的红光；
（你快向前，到礼台边，
见新郎面！）
忘却了，永远忘却了人间有一个他：
让时间的灰烬，
掩埋了他的心，
他的爱，他的影，——
新娘，谁不艳羡你的幸福，你的荣华！

（1926 年 5 月 13 日《晨报副刊·诗镌》第 7 号）

偶然

我是天空里的一片云，
偶尔投影在你的波心——
你不必讶异，
更无须欢喜——
在转瞬间消灭了踪影。

你我相逢在黑夜的海上，
你有你的，我有我的，方向；
你记得也好，
最好你忘掉，
在这交会时互放的光亮！

（写于1926年5月中旬）

半夜

深巷
琵琶

又被它从睡梦中惊醒，深夜里的琵琶！
是谁的悲思，
是谁的手指，
像一阵凄风，像一阵惨雨，像一阵落花，
在这夜深深时，
在这睡昏昏时，
挑动着紧促的弦索，乱弹着宫商角徵，
和着这深夜，荒街，
柳梢头有残月挂，
啊，半轮的残月，像是破碎的希望，他

头戴一顶开花帽，
身上带着铁链条，
在光阴的道上疯了似的跳，疯了似的笑，
完了，他说，吹糊你的灯，
她在坟墓的那一边等，
等你去亲吻，等你去亲吻，等你去亲吻！

（1926年5月20日《晨报副刊·诗镌》第8号）

大帅

（战歌之一）

（见日报，前敌战士，随死随掩，间有未死者，即被活埋。）

“大帅有命令以后打死了的尸体
再不用往回挪（叫人看了挫气），
就在前边儿挖一个大坑。
拿瘪了的弟兄们往里掷，
掷满了给平上土，
给它一个大糊涂，
也不用给做记认，
管他是姓贾姓曾！
也好，省得他们家里人见了伤心：
娘抱着个烂了的头，
弟弟提溜着一只手，
新娶的媳妇到手个脓包的腰身！”

“我说这坑死人也不是没有味儿，
有那西晒的太阳做我们的伴儿，
瞧我这一抄，抄住了老丙，
他大前天还跟我吃烙饼，
叫了壶大白干，
咱们俩随便谈，
你知道他那神气，
一只眼老是这挤：
谁想他来不到三天就做了炮灰，
老丙他打仗倒是勇，
你瞧他身上的窟窿！——
去你的，老丙，咱们来就是当死胚！

“天快黑了，怎么好，还有这一大堆?
听炮声，这半天又该是我们的毁！
麻利点儿，我说你瞧，三哥，
那黑刺刺的可不又是一个！
嘿，三哥，有没有死的，
还开着眼流着泪哩！
我说三哥这怎么来，
总不能拿人活着埋！”——
“吁，老五，别言语，听大帅的话没有错：
见个儿就给铲，
见个儿就给埋，
躲开，瞧我的，欧，去你的，谁跟你啰嗦！”

（1926年6月3日《晨报副刊·诗镌》第10号）

人变兽

（战歌之二）

朋友，这年头真不容易过。
你出城去看光景就有数：——
柳林中有乌鸦们在争吵，
分不匀死人身上的脂膏；

城门洞里一阵阵的旋风起，
跳舞着没脑袋的英雄，
那田畦里碧葱葱的豆苗，
你信不信全是用鲜血浇！

还有那井边挑水的姑娘，
你问她为甚走道像带伤——
抹下西山黄昏的一天紫，
也涂不没这人变兽的耻！

（写于1926年5月）

两地

相思

一 他——

今晚的月亮像她的眉毛，
这弯弯的够多俏！
今晚的天空像她的爱情，
这蓝蓝的够多深！
那样多是你的，我听她说，
你再也不用疑惑；
给你这一团火，她的香唇，
还有她更热的腰身！
谁说做人不该多吃点苦？——
吃到了底才有数。
这来可苦了她，盼死了我，
半年不是容易过！

她这时候，我想，正靠着窗，
手托着俊俏脸庞，
在想，一滴泪正挂在腮边，
像露珠沾上草尖：
在半忧愁半欢喜的预计，
计算着我的归期：
啊，一颗纯洁的爱我的心，
那样的专！那样的真！
还不催快你胯下的牲口，
趁月光清水似流，
趁月光清水似流，赶回家
去亲你唯一的她！

二 她——

今晚的月色又使我想起，
我半年前的昏迷，
那晚我不该喝那三杯酒，
添了我一世的愁；
我不该把自由随手给扔，——
活该我今儿的闷！
他待我倒真是一片至诚，
像竹园里的新笋，

不怕风吹，不怕雨打，一样
他还是往上滋长；
他为我吃尽了苦，就为我
他今天还在奔波；——
我又没有勇气对他明讲
我改变了的心肠！
今晚月儿弓样，到月圆时
我，我如何能躲避！
我怕，我爱，这来我真是难，
恨不能往地底钻；、
可是你，爱，永远有我的心，
听凭我是浮是沉；
他来时要抱，我就让他抱，
（这葫芦不破的好，）
但每回我让他亲——我的唇，
爱，亲的是你的吻！

（1926年6月10日《晨报副刊·诗镌》第11号）

天神似的英雄

这石是一堆粗丑的顽石，
这百合是一丛明媚的秀色；
但当月光将花影描上石隙，
这粗丑的顽石也化生了媚迹。

我是一团臃肿的凡庸，
她的是人间无比的仙容；
但当恋爱将她偎入我的怀中，
就我也变成了天神似的英雄！

（写于1927年左右）

珊瑚

你再不用想我说话，
我的心早沉在海水底下；
你再不用向我叫唤，
因为我——我再不能回答！

除非你——除非你也来在
这珊瑚骨环绕的又一世界；
等海风定时的一刻清静，
你我来交互你我的幽叹。

（1926年9月29日《晨报副刊》）

变与不变

树上的叶子说："这来又变样儿了，
你看，有的是抽心烂，有的是卷边焦！"
"可不是，"答话的是我自己的心：
它也在冷酷的西风里褪色，凋零。

这时候连翩的明星爬上了树尖；
"看这儿，"它们仿佛说，"有没有改变？"
"看这儿，"无形中又发动了一个声音，
"还不是一样鲜明？"——插话的是我的魂灵！

（写于 1927 年春季）

最后
的

那一天

在春风不再回来的那一年，
在枯枝不再青条的那一天，
那时间天空再没有光照，
只黑蒙蒙的妖氛弥漫着：
太阳，月亮，星光死去了的空间；

在一切标准推翻的那一天，
在一切价值重估的那时间，
暴露在最后审判的威灵中。
一切的虚伪与虚荣与虚空。
赤裸裸的灵魂们匍匐在主的跟前；——

我爱，那时间你我再不必张皇，
更不须声诉，辨冤，再不必隐藏，——
你我的心，像一朵雪白的并蒂莲，
在爱的青梗上秀挺，欢欣，鲜妍，——
在主的跟前，爱是唯一的荣光。

（1927 年 9 月上海新月书店《翡冷翠的一夜》）